ベリーズ文庫

婚約破棄するつもりでしたが、御曹司と甘い新婚生活が始まりました

滝井みらん

JN167582

STARTS
スターツ出版株式会社

目次

婚約破棄するつもりでしたが、御曹司と甘い新婚生活が始まりました

婚約破棄するつもりでしたが、
御曹司と甘い新婚生活が始まりました

私の婚約者

「玲人《れいと》と瑠璃《るり》ちゃんも無事に大学卒業したし、そろそろ式の日取りをいつにするか決めないとね」

目の前の席に座っている玲人君のお母さまが、私に向かってにこやかに微笑《ほほえ》む。

「あの……その……大学を卒業したばかりですし……」

テーブルの下で手をもじもじさせながら、私は言葉を濁《にご》した。

三月下旬、桜が咲き始めてめっきり春らしくなってきたのに、私の心はかつてないほど重い。

栗田《くりた》瑠璃、二十二歳。身長百五十八センチ、アッシュブラウンのストレートロングの髪にぱっちり二重の目が特徴の私。病弱だったこともあり、色白で痩せているから、メイクをしていないと周囲に体調が悪いと思われる。たくさん食べて健康的な身体になるのが今の目標。

父は創業明治三年という古い歴史を持つ業界最大手『栗田百貨店』の社長。国内外に二十五の店舗を持ち、年商は一兆二千億円を超える。銀座《ぎんざ》の一等地に昨年三百億円を投じて改装された本店があって、その一日の来客数は十一、二万人ほどで、売上は好調。二年前には〝高品質〟をコンセプトにしたオリジナルブランドを食品や服飾関連で立ち上げ、富裕層に人気だ。

私は今、大学卒業のお祝いということで婚約者のご両親に呼び出され、都内の高級ホテル内にあるフランス料理の名店で、婚約者も交えて四人で食事をしている。

とても口に出しては言えないが、結婚なんてしたくない。

だって……うまくいくわけがないもの。

頭も顔もいい完璧な彼と、頭も顔も平凡そのものの私とじゃ釣り合わないのだ。

釣り合いが取れているのは、お互いの家が金持ちという点だけ。

「やっぱり女の子ですもの。ジューンブライドがいいかしら？」

おばさまが私に目を向け、かわいい乙女のようにはしゃぐが、彼女の横にいるおじさまからすぐに突っ込みが入った。

「それだと、ドレスの準備が間に合わないんじゃないか？　当然オーダーメイドだろう？　瑠璃ちゃんにとっては一生に一度の晴れ舞台だ。抜かりがあっては困る」

「それもそうねえ。じゃあ、早くても秋かしら？　秋ならいい晴天に恵まれそうだわ」

私の意思を無視して進められるその会話に頭痛がしてくる。

どうしたものかと思案していたら、私の隣に座っている玲人君がギロッと彼の両親を睨《にら》みつけた。

「ふたりとも気が早すぎですよ。俺は結婚は社会人として一人前になってからと言ったはずですが」

彼の冷ややかな口調で、身体がビクッとなる。

あ～、玲人君怒ってるよ～。

当然だよね。大学を卒業したばかりで結婚なんか考えられないと思う。

しかも、その相手が不器用で容姿もパッとしない、この私だもん。

私と結婚するのは、牢獄に入るくらい嫌に違いない。

彼……九条《くじょう》玲人は、同い年の私の婚約者。

ホテル、不動産、交通事業等を国内外で展開している日本でも有数の大企業『九条ホールディングス』の御曹司だ。

百八十二センチの長駆に、艶《つや》のあるマッシュスタイルの黒髪。そして、人を惹きつける、ライトブラウンの綺麗な瞳。イギリス人の祖母を持つせいか、目鼻立ちがはっきりとしたギリシャ彫刻のような美しい顔立ちと優雅な所作はクールかつエレガントで、まるで異国の王子のよう。

頭脳明晰《めいせき》で冷静沈着。将来は九条グループのトップに立つ人だ。

互いの祖父が親友同士で、『孫ができたら結婚させよう』なんてとんでもない約束をしたこともあり、私と玲人君の婚約は赤ちゃんの頃から決まっていた。

祖父の思惑で、私と玲人君は幼稚園から高校までは同じ私立の名門校に通い、親が金にものを言わせたのか、ずっと同じクラスで、席も隣。学校を休みがちだった私の面倒をみるのはいつも彼の役目だった。

なぜなら、私は三歳の時に小児喘息《ぜんそく》になり、小さい頃は発作の症状がひどくて入退院を繰り返していたから。

小学校の入学式も出席できず、出遅れて登校した私には新しい友達ができなかった。知らない人ばかりで学校に行くのが怖くなって、唯一知っている玲人君に四六時中くっついていたように思う。

そんな私に彼は同級生というよりは保護者のような態度で接していて、学業のフォローだけでなく、学校で喘息の発作が起きるとすぐに薬を飲ませてくれたりと、私の学校生活をサポートしてくれた。

教室を移動するのも、給食を食べるのも常に玲人君と一緒。小学生の男の子となれば、照れもあってあまり女の子とは遊ばなくなる年頃。それなのに、勝手に決められた病弱な婚約者の世話をしなくてはならない。玲人君にしてみれば嫌だったと思う。

中学になって私の喘息は徐々に治っていったけど、身体が弱かったせいか風邪を引くとこじらせてしまい、学校も休みがち。友達がいないのは相変わらずで、玲人君に依存する状態に変化はなかった。高校卒業までずっと……。

玲人君は物静かで優しい性格だからなにも文句は言わなかったし、嫌な顔もしなかったけど、私はいつだって彼のお荷物だったのだ。

大学は玲人君と別だったから、高校卒業の時に決意した。

もうこれ以上彼に頼るのはやめよう。ちゃんと自立して、友達も作ろうって。

それに、玲人君には自由に恋愛してほしかった。

中学や高校の時、モテモテだった彼は、たくさんの女の子たちから『付き合ってください』と告白されていた。なかには美人の才女やかわいい女の子だっていたのだ。なのに、彼は『興味ないから』と全部断ったらしい。

当時は私の世話で忙しいからだと思ったけど、大学が離れても玲人君は恋人を作らなかった。それは、婚約者である私に義理立てしたんだと思う。

彼が私のことを好きじゃないことはわかっている。

高一の春に言われたんだ。

『婚約の話、瑠璃の方から断ってくれていいから』

それは、つまり私と結婚する気はないと遠回しに言ってるようなもので……。

突然目の前が真っ暗になったような衝撃を受けた。

私はずっと、玲人君のことが好きだったから――。

その日は、彼が先生に呼び出されている間に、迎えの車を待たずにひとりで下校した。

それから数時間の記憶がすっぽり抜けているのだけど、私は激しい雨が降る中をさまよい続け、九条邸の近くで倒れていたらしい。発見したのは玲人君だったとか。

高校に入ってからは落ち着いていた喘息が再発して、二週間入院した。

その間ずっと玲人君がお見舞いに来て、私に勉強を教えてくれた。自分のせいで喘息の発作が起こったと、責任を感じたのだろう。

思えば、その時からだ。人前では私のことを『粟田』と名字で呼んでいたのに、それが『瑠璃』に変わったのは。そして、どこか他人行儀だった彼がやたら過保護になった。

もういいんだよ、玲人君。

今の私は喘息の発作もなくなって、玲人君の助けがなくても、普通に生活できる。

たまに風邪を引いて高熱を出すこともあるけど、入院するようなひどい病気ではない。

だから、私のことは気にせず、素敵な人と恋をして。

政略結婚なんてナンセンスだと思うし、私たちの両親だって、子供が幸せなら自分が選んだ相手との結婚を許してくれるに違いないもの。

彼のようにクールで完璧な人には、綺麗で優しくて頭のいい婚約者が似合う。

私のような病弱な女をわざわざ娶《めと》らなくても、玲人君に相応《ふさわ》しい女の人は世の中にたくさんいるはず。もし彼に好きな人ができれば、喜んで婚約を解消するつもりだ。

「でも、社会人として一人前になってからなんて、そんなのいつになるかわからないし、瑠璃ちゃんを待たせるのは悪いわよ」

おばさまは、顔をしかめて玲人君に文句を言う。

……全然悪くないです。

むしろ、誰も傷つけることなく、この婚約がなかったことになれば万々歳。

だって、このままじゃ間違いなく愛のない結婚になるもの。義務や責任で結婚してもらっても、全然嬉しくない。

心の中でそんな本音を呟きつつ、なるべく結婚を先延ばしにしたくて、みんなが納得しそうな延期策を口にした。

「あの……おばさま、私、結婚する前に外で働いてみたいんです」

お互い就職すれば、忙しくて会う時間がなくなり、彼に好きな人ができて婚約の話がなくなるかもしれない。

それに大学生になってからは頑張って友達も作って、昔よりはだいぶ社交的になった。そしたらどんどん欲が出てきて、私がやる気になれば、自分の世界も変えられるんじゃないかって思えるようになったのだ。

家に引きこもってばかりいては、なにもできない自分になってしまう。

そんなのは……もう嫌なの。

「まあ、そうなの？　瑠璃ちゃんは偉いわねえ」

物思いに耽《ふけ》っていた私は、おばさまの声でハッと我に返った。

「いえ、全然偉くないです」

普通は、大学を出たらみんな就職しますから。

うちの場合は、両親に反対されて就職活動すらできなかったけど……。

玲人君とすぐに結婚するのだから働く必要なんかないって頭ごなしに言われたんだよね。

両親にしてみれば、それは口実で、本当は私の身を案じてのことだったのかもしれない。

喘息の薬をやめて症状が出なくなって五年経ったけど、両親はまだ私のことを心配していて、たまに咳《せき》をするだけでも大騒ぎをして病院に連れていくし、花火やお祭りといった人で混み合う場所へ行くのも禁止している。

過保護だと思ったけど、大人しく従っていた。小さい頃から私が激しい発作で苦しむたびに、両親が寝ずに看病してくれたことを知っているから。

だけど、もう大学を卒業したのだし、喘息の発作も出なくなったから、これからは私の自由にしたい。

今さら就職活動をしても新卒で雇ってもらうのは難しいだろう。でも、アルバイトでもなんでもいいから外に出て、自分の手でお金を稼いでみたいのだ。

外の世界は、病気で家にこもりがちだった私にはキラキラして見える。

社食でカッコいい同僚の話で盛り上がったり、残業して企画を必死に考えたり、電車で通勤したり……と、そんな普通のことをしてみたい。

「じゃあ、玲人の秘書なんてどう？　いつも一緒にいられるわよ」

ウフフと笑みを浮かべるおばさまの発言に、玲人君がギョッとした顔になる。

彼はとても優秀で、学生の頃から九条ホールディングスの仕事を手伝っている。すでに経営にも携わっていて、おじさまをサポートしているらしい。

そんな彼は、この四月に副社長に就任する。

きっとおばさまは、私たちが甘いムードになるのを期待しているに違いない。

でも、ごめんなさい、おばさま。

私と玲人君はそんなラブラブな雰囲気になったことはないし、今後もなりえないんです。

だって、玲人君は私のことを好きでもなんでもないから。

「母さん！　勝手に決めないでもらえますか？　瑠璃だって他にやりたいことがあるでしょう？」

彼が反対する気持ちはわかる。

私が自分の秘書だなんて、落ち着かないよね。

なにか失敗するんじゃないかってひやひやするに決まってる。

「だって、瑠璃ちゃんかわいいから、外で働いたりしたら他の人に取られるんじゃないかって、母さん心配なのよ」

おばさまは、玲人君に責められ少ししゅんとなる。

「あの……おばさま、私は全然モテないのでそんな心配はご無用です」

遠慮がちにおばさまの言葉を否定したら、おばさまは「もう、瑠璃ちゃんは本当に謙虚《けんきょ》よねえ」なんて私を褒めた。

「お前だって瑠璃ちゃんがそばにいたら安心だろう？　それに仕事だってやる気になるじゃないか」

おじさまはおじさまで、ニヤリとして玲人君を冷やかす。

そんなおじさまを彼は不機嫌顔で責めた。

「父さん、瑠璃に強要しないでください。彼女が困るでしょう？」

場の空気が一気に悪くなる。

どうしよう〜！　私が働きたいと言ったばかりに、険悪なムードになってしまった。

居たたまれなくなった私は、思わず手を挙げて口にしてしまう。

「あの……やりたいです。玲人君の秘書」

この場を収めるにはそれが一番の方法に思えた。

だが、玲人君は〝お前は馬鹿か〟と言いたげな目で私を見る。

「大丈夫だよ」

玲人君に笑ってそう言うが、ハーッという彼の長い溜め息が聞こえた。

心配しないで。玲人君の会社には就職しないから。

そっと心の中で呟く。

後でいい就職先が見つかったからと言って断ればいい。

だが、私の考えはかなり甘かった。


その後、断るタイミングを逃したまま、あれよあれよという間に九条ホールディングスへの入社が決まり、本社の秘書室に配属された。

それは、四月の半ばのこと。

入社式が終わって少し落ち着いてからがいいと玲人君が判断したらしい。

溜池山王《ためいけさんのう》にある三十八階建てのお洒落《しゃれ》な高層ビルが九条ホールディングスの本社ビル。一階から五階まではレストラン、ブティック、コンビニなどの商業施設があり、六階から三十八階までがオフィスになっている。

秘書室があるのは三十七階だ。エレベーターを降りて右に進めば、すぐに【秘書室】と書かれたガラス張りのドアが見える。

「さあ、ここだよ」

社長であるおじさまに優しく背中を押され、中に入った。

今日の私は、春らしい桜色のスーツに黒のパンプスという出で立ち。髪はバレッタで両サイドをまとめて上げている。

「やあ、おはよう。昨日話したが、彼女が玲人の婚約者の栗田瑠璃さんだ。みんなよろしく頼むよ」

秘書室の面々におじさまは笑顔で私を紹介するが、私の顔は強張《こわば》った。

あ〜、わざわざ婚約者だなんて紹介しなくてもいいのに……。ただでさえコネ入社で肩身が狭いのだ。しかも、あの食事会以降、玲人君はずっと機嫌が悪い。

今日も本当なら彼が迎えに来て一緒に出勤するはずだったのに、迎えに来たのはおじさまだった。

でも……プラスに考えよう。このまま玲人君にこっぴどく嫌われてしまえば、そのうち彼の方から婚約解消したいって言うかもしれない。

「栗田瑠璃です。よろしくお願いします」

みんなの反応を窺《うかが》いながら挨拶するが、表情が引きつる。

秘書室のメンバーは四人。ひとりは男性で、あとはみんな女性だ。

玲人君の婚約者ということで、私に向けられる好奇な視線。好意的なものもあれば、冷淡なものもある。

昔からずっとそんな視線を受け続けてきたのだから、慣れてもいいはずなんだけど、こればっかりは居心地悪く感じてしまう。

私が玲人君のように美形で頭がよくて優秀ならもっと堂々としていられるのだけど、残念ながら容姿は平凡だし、なんの取り柄もなくて自信が持てない。

でも、ここで尻込みしてちゃいけないわ、瑠璃。笑顔よ。笑顔。

自分を叱咤《しった》しながら笑顔を作ると、秘書室の一番奥の席にいた茶髪のイケメン社員がスッと立ち上がり、爽やかな笑顔をこちらに向けた。

「栗田さん、久しぶりだね」

どこか見覚えのある顔とその優しいイケメンボイス。

「……え？　ひょっとして……小鳥遊《たかなし》……さん？」

驚きの声をあげる私に、彼は優しく頷いた。

「そうだよ。僕はここの室長兼副社長秘書なんだ。栗田さんには僕の下について仕事をしてもらうから」

小鳥遊さん……小鳥遊晴人《はると》さんは、高校のバスケ部の二年上の先輩。

当時帰宅部だった私は、一年生にしてバスケ部のエースだった玲人君に誘われて、高一の秋にバスケ部のマネージャーになった。その頃は喘息の発作もあまりなくて、両親も『玲人君がいるなら』と私の入部に反対しなかった。

小鳥遊さんはキャプテンで、バスケもすごくうまくて、玲人君と女子の人気を二分してたっけ。文武両道で、その上、女の子にとっても優しかったんだよね。

二歳しか違わないのにもう室長って超スピード出世。

さすが小鳥遊さん。その有能ぶりは社会人になっても変わらないらしい。

その彼と、副社長である玲人君を担当するなら安心だ。

彼の顔を見てちょっと緊張が解けた気がする。

少しホッとしていたら、小鳥遊さんの手前の席にいる黒髪をアップにした美人が、綺麗な笑みを浮かべて挨拶した。

「私は社長秘書の前田莉子《まえだりこ》です。わからないことがあればなんでも聞いてね」

その優しく、美しい顔に思わず見惚《みと》れてしまう。

ああ～、いたよ。

まさにこういう人が玲人君の婚約者に相応しい。

ひとり興奮していると、ドアの手前の席に座っていた女性が仏頂面で挨拶してきた。

「私は専務秘書の佐藤麗奈《さとうれいな》です。よろしくお願いします」

毛先をカールさせたミディアムカットのその女性は前田さんより若く見える。初対面だけど、私に対して敵意剥《む》き出しな感じだ。

でも、こういうのは初めてではない。学生時代も玲人君と一緒にいるだけでいろんな子に睨まれたり、陰口を叩かれてきた。

最後に挨拶してきたのは、佐藤さんの隣の席に座っている女性。

「常務を担当している松本小春《まつもとこはる》です。この中では一番下っ端です」

ボブカットがよく似合っている彼女は、人懐っこい笑顔を私に向ける。

先輩だけど、明るくて話しやすそう。

「じゃあ、小鳥遊君、あとは頼むよ」

ひと通り挨拶が終わると、社長は小鳥遊さんに手を振って秘書の前田さんと共に秘書室を後にする。

チラリと腕時計を見て、小鳥遊さんが私に声をかけた。

「栗田さん、僕たちも行こうか？」

「行くってどこへ？」

ポカンとして聞き返せば、小鳥遊さんはクスッと笑った。

「我らがボスのところだよ」

あっ……玲人君のところですね。

苦笑しながら小鳥遊さんについていく。

秘書室のある廊下の突き当たりが社長室で、その左隣にあるのが副社長室。

コンコンと小鳥遊さんがノックして中に入る。

「玲人さん、ご待望の婚約者を連れてきましたよ」

奥のデスクに座って書類を見ていた玲人君が顔を上げ、冷ややかな視線を小鳥遊さんに投げた。

「小鳥遊さん、からかわないでくれますか？　それに、その敬語。いつももっとフランクなのに気持ち悪いですよ」

今日の玲人君は、シルバーフレームのメガネに、有名ブランドの濃紺のスーツ姿。

メガネかけてるとこ初めて見た。カッコいいけど、まるで知らない人みたい。

「悪い、悪い。一応、秘書らしいお手本を彼女に見せないとさ」

小鳥遊さんは玲人君の言葉を気にすることなく、茶目っ気たっぷりに言う。

「お互い知ってるし、そんな余計なフリは必要ないですよ」

ピシャリと言い返すと、玲人君は私に目を向けた。

なにを言っていいかわからず固まる私。

「栗田さん、小鳥遊さんの邪魔はしないように」

私への第一声はそれだった。

他人行儀なその口調。

〝邪魔だから秘書なんかやめろ〟って言われているようで、落ち込んでしまう。

まともに彼の顔を見る勇気がなく、「……はい」とギュッと握った手を見つめながら小声で答えた。

「こらこら、婚約者なんだからもっと優しい言葉かけてやったら?」

小鳥遊さんが苦笑いしながら取りなそうとするが、玲人君は冷ややかだ。

「仕事に婚約者とか関係ないでしょう? それに俺は反対したんですよ」

はい、確かにおっしゃる通りです。

食事会の後も『瑠璃は身体が弱いから、フルタイムで働くのは無理だ』と、強く反対されたんだよね。

それなのに私がずるずるとここに就職してしまったのは、外の世界への憧れと、本当は彼のそばにいたいって気持ちがあったからで……。

私のわがままです。本当にごめんなさい。

その後、ひとり秘書室に戻るが、入社前の研修も受けていない私は、みんなに迷惑をかけてばかりだった。

電話に出れば営業の電話を玲人君に繋《つな》いでしまい、簡単なデータ入力を頼まれれば前のデータを消去、来客にお茶を出せばこぼして粗相……と、いろいろやらかしてしまう。

最初は「初めてだから気にしないで」と秘書室のみんなに優しい言葉をかけられたが、そのうち失笑されるように……。

バタバタ仕事をしているうちにようやく定時がきて、小鳥遊さんに「お疲れ。今日はもう上がっていいよ」と言われた時には身体はヘトヘト。

一日がこんなに長く感じたのは初めてだった。ベッドがあればすぐにでも休みたい。でも、ここで帰るのははばかられる。全部中途半端でなにもやり遂げてはいない。これでは、お嬢様が気まぐれに仕事して……と思われそうだ。

でも、決して気まぐれなんかじゃない。昔よりは身体が丈夫になったんだもん。私だって頑張ればみんなと同じようにできるはず。

ううん、頑張らなきゃ！

「あの……小鳥遊さん、データ入力の続きをやっていいですか？」

自分の責任をしっかり果たしたくて、彼に申し出た。

「今日は疲れてるだろうし、早く帰ったら？」

小鳥遊さんは私を気遣うが、明るく笑って断る。

「大丈夫です。終わったら帰りますから」

やる気をアピールすると、彼は〝仕方ないな〟って顔で渋々オーケーしてくれた。

「わかったよ。でも、無理はしないで」

八時を過ぎても仕事をしていたら、フラッと玲人君が秘書室にやってきて、私に目を向けた。

「まだいたんだ？　コーヒー持ってきてくれる？」

そう声をかけて、また副社長室に戻る彼。

あれ？　それだけ？

もっと仕事のことでなにか言われるかと思ったのにな。

ポカンとしながら玲人君が出ていった秘書室のドアを見ていたら、小鳥遊さんがおもしろそうに笑った。

「内線で頼めばいいのにさ。栗田さんが心配で様子見に来たんだよ。さっきチャットで【栗田さんまだ仕事してるよ】ってあいつにメッセージ打ったんだよね」

「それは……私が仕事でヘマしていないか、気がかりだったからだと思います」

自虐的に返せば、彼は穏やかな顔で否定する。

「違うよ。クールに振る舞ってても、やっぱ好きな子のことは気になるんだよ」

彼の発言にチクッと胸が痛んだ。

それが本当ならどんなにいいだろう。

でも、誰よりも自分が一番よく知っている。

私は彼の〝好きな子〟ではない。

「もう、からかわないでくださいよ、小鳥遊さん」

笑顔を貼りつけながら席を立ち、この話題を強引に終わらせると、玲人君にコーヒーを淹《い》れる。

コーヒーをトレーにのせ、ノックして副社長室に入れば、玲人君はパソコンと睨めっこしていた。

「ここに置いておきますね」

ひと声かけてコーヒーを置こうとするが、ソーサーを持つ手がブルブルと震える。

落ち着け！　落ち着け！

そう自分に言い聞かせ、コーヒーをコトンとデスクに置いた。

お客さまに出すよりも彼に出す方が何倍も緊張する。

「百点満点中、十点だな」

パソコン画面から顔を上げた玲人君がクールな顔でそう告げる。

「そんなんじゃこぼすよ。見てるこっちがひやひやする」

うっ、厳しい。でも、十点ついたのはなんでなんだろう？

そんなことを考えながらコーヒーを飲む玲人君をじっと見つめていたら、彼は私の欲しい答えを口にした。

「十点ついたのは、ミルクがふたつついてるから」

そう、玲人君はコーヒーはブラックではなく、ミルクをふたつ入れるのが好きなのだ。

でも、それは彼の好みを知ってただけだし、この点はおまけだな。

がっくりと肩を落として踵《きびす》を返そうとする私の手を、突然玲人君が掴んだ。

「手が赤く腫《は》れてる」

私の手をまじまじと見てそう呟く彼。

「……あっ、お茶をこぼした時に手にちょっとかかっちゃって」

ヒリヒリするなあとは思ったんだけど、気にする余裕なんてなかった。

手を引っ込めようとしたが、彼は離してくれない。

「あの……玲人君？」

つい下の名前で呼んでしまったが、特に咎《とが》められず、彼も婚約者の顔に戻る。

「火傷《やけど》したらちゃんと冷やさないとダメだろう？」

小さい子に叱るように注意したと思ったら、彼はどこかへ電話をかけた。

「あっ、小鳥遊さん、すみません。救急箱持ってきてくれませんか？　栗田さんが火傷していて」

手短にそれだけ言って彼は電話を切る。

すると、すぐに小鳥遊さんが救急箱を持って現れた。

「栗田さん、大丈夫？」

「水ぶくれにはなっていないようなので、軟膏《なんこう》を塗って様子を見ます」

私が答える前に玲人君が火傷の状態を伝える。

「軽くてよかった。栗田さん、気づいてやれなくてごめんね」

小鳥遊さんは私に謝るが、彼はなにも悪くない。

「いえ、私がそそっかしいのが悪いんです。こんなの火傷のうちに入らないし」

ハハッと笑ってみせるが、目の前にいる玲人君にキッと睨まれた。

「火傷を甘くみるな。小鳥遊さん、手当てが終わったらもうこいつ連れて帰るんで、あとよろしくお願いします」

「へーい、お疲れさん。栗田さん、ゆっくり休んでね」

小鳥遊さんは穏やかな笑顔で手を振ると、副社長室を出ていく。

途端に、気まずい雰囲気が漂って……。

小鳥遊さんがいなくなって急に不安になった。

今日の仕事のことで玲人君にいろいろお説教されそう。

早くここから逃げ出したい～！

そんな私とは対照的に、いつもと変わらぬ平然とした様子で救急箱を開け、軟膏を取り出す玲人君。

「あっ、私が塗るから」

手を差し出すが、彼は薬を渡してくれない。

「瑠璃は、こういうの面倒がってちゃんとやらないから」

決めつけるように言われ、思わず強く否定した。

「そんなことないよ！」

「火傷したことにも気づいてなかったくせに、よく言うよ」

玲人君は私の手に軟膏を塗りながらチクリと毒を吐く。

「うっ……」

それ以上反論できず黙り込む私。

ホント、彼は私には容赦ない。

でも、手当てするその手はとても優しくて、ドキッとした。

私たちは本物の恋人同士なんじゃないかと勘違いしそうになる。

……ああ、もう、こんなの精神衛生上よくない。

彼に近づくのは危険だ。

一緒に働けば、近くで彼が仕事しているところを眺められると思ったけど、まさかここまで接近するなんて……。

早くも彼と同じ会社に就職したことを後悔した。

ドキドキして胸が大きく上下する。自分の吐く息も彼の手にかかるんじゃないかって思うと、息も止めてしまって呼吸がおかしくなった。

ああ～、早く手当て終わってください！

窒息しそう……。

「瑠璃？　気分でも悪いの？」

私の異変に気づいた彼が、コツンと額を当て、熱があるか確かめる。

心臓がトクンと大きな音を立て、私の身体はカチンと固まった。

「熱はないな」

「だ、大丈夫だよ」

狼狽《うろた》えながらも笑顔を作り、玲人君から離れる。

好きでもないのに、そんな風に触れてくるのはやめてほしい。

心臓がバクバクして私が彼のことを好きなのを気づかれてしまう。

それは絶対にバレてはいけない。

私だけの秘密――。

私と彼の新居

バレンタインには、毎年玲人君にチョコをあげていた。

でも、それは婚約者としての義理チョコで告白はなし。だから手作りではなく、有名店の高級品。

彼の負担にはなりたくなかったから、私なりに毎年気を使っていた。

チョコを渡さなければ、母がうるさいし、おばさまもなにかあったんじゃないかと変に思う。

彼も義理で『ああ、ありがと』って受け取って、ホワイトデーのお返しは、毎年決まって水族館デート。

多分、おばさまにどこか連れていくように、うるさく言われていたのだろう。

婚約者としての義務とはいえ、忙しい中時間を作ってくれたんだから大変だったと思う。

だって、バイトもせず暇な学生生活を送っていた私と違い、彼は大学に通いながらおじさまの仕事を手伝っていて多忙だったから。

だから、私もお返しなんて期待はしてなかったのだけど……。

義理とはわかっていても、水族館はすごく好きだったし、彼と一緒にいられるのが嬉しかった。

今年のバレンタインもチョコをあげて同じように水族館に行ったけど、来年はどうなっているだろう？

ひょっとしたら、今年で最後かも……。

玲人君に恋人ができて婚約破棄になるかもしれないしね。

そう考えると寂しく思う。

でもね、生まれた時から、私は彼を束縛している。早く彼を自由にしてあげないとかわいそうだ。

かといって、私から婚約解消なんて言い出せない。

完璧な彼のどこが不満なのって両親に責められるのならまだいいんだけど、『熱でもあるんじゃない』って本気にしてもらえないだろう。

「……璃、瑠璃」

玲人君の声でハッとする。

「……ん？　なに？」

とっさにニコッと笑えば、彼は片肘をつきながらじっと私を見ていた。

「手が止まってる。食欲ないの？」

「ううん、ちょっとボーッとしただけ。食べるよ」

ハハッと笑って、パスタを口の中に押し込む。

火傷の手当ての後、何度か来たことのあるイタリアンのお店に連れてこられた。

私が物思いに耽っている間に、彼はもう完食したらしい。

食べてるのをじっと見られるのは、ちょっと恥ずかしいな。スマホでも眺めていてくれたらいいのだけど、彼はそういう失礼なことは絶対にしない。

なにか彼の気を逸らす話題ってないだろうか？

なにげなく玲人君に目を向け、ピンと閃《ひらめ》いた。

「……そういえば、会社ではメガネかけてるよね？　視力いいはずなのになんで？」

今朝会社で彼を見た時、すごく違和感を覚えたのだ。

私の火傷の手当てが終わると、彼はすぐにメガネを外したんだよね。

「この目を珍しそうに見る連中がいるから。メガネで少し顔の印象をごまかせる」

玲人君はカプチーノを口に運びながら淡々と言う。

確かに、初めて見る人は、彼の淡いブランデー色の瞳に驚く。

でも、そんなことを彼が気にしているなんて意外に思った。

「ビー玉みたいに綺麗なのにな。メガネしちゃうなんてもったいない」

玲人君の瞳をまじまじと見て素直な感想を口にすれば、彼はフッと微笑した。

「ビー玉……ね。そういえば、瑠璃は昔、ビー玉の中ずっと眺めてたっけ」

「だって綺麗だったんだもん」

「それに、俺を押し倒して、俺の目も覗《のぞ》き込んでたね」

玲人君は悪戯《いたずら》っぽく目を光らせる。

「あっ……」

彼の言葉に血の気が引いた。

すっかり忘れていたけど、確かにやりました。

あれは、幼稚園の頃だったかなあ?

『玲人君のお目々見せて』とか言って、鼻と鼻がくっつきそうなくらい彼に顔を近づけていたんだよね。それも一回や二回じゃない。会えば必ずその瞳を覗き込んだ。

今思うと、なんて大胆なことをしていたんだろう。無邪気さゆえの行動だね、あれは。

しかも、『僕から離れろ!』と玲人君にくっつくのを拒否された時は、『やだ! お目々見せてくれるまで絶対に離れない』って泣いてしつこくせがんだのだ。で、彼が見せてくれると決まって、『まるで宇宙の星みたいに綺麗』って言った記憶がある。

玲人君にしてみれば、私ってうるさくまとわりつく変な子供だったに違いない。

「ごめんなさい。あの時は玲人君の迷惑も考えないで……」

平謝りすれば、「じゃあ、今はちゃんと考えてるんだ？」と意地悪く聞いてくる。

それは……玲人君の秘書になったことをやんわりと責めてるんだよね？

「迷惑かけないようにって思ってるんだけど……」

小さい声で言い訳すると、玲人君は私の前にある皿に目を向けた。

そこにはまだパスタがいっぱい残ってて……。

「だったら、それ全部食べるんだね。食べなきゃ家に帰れないよ」

父よりも厳しい顔で言われ、素直に従う。

「はい」

彼がわざわざ食事に連れてきたのは、自分のお腹が空いたからというのもあるかもしれないが、私にちゃんと食べさせるためだ。

彼に誘われていなかったら、疲れて食事もせずに寝たかもしれない。

私の行動を読んでるんだよね。

ひたすらパスタに集中してやっと食べ終わると、店を出て、玲人君の車に乗った。

彼の車は、ドイツ車の白のセダン。シートは革張りで、座り心地がいい。

玲人君の運転はうまくて、安心して乗っていられるから、彼の車に長時間乗るとたいてい寝てしまう。

そのまま世田谷《せたがや》にある自宅に送ってくれるかと思ったのだが、見慣れない道ばかり通るので不思議に思った。

「あのう、玲人君、道いつもと違うよね？　どこかに寄るの？」

「いや、まっすぐ帰る」

正面を見たまま彼は素っ気なく答える。

でも、車は広尾《ひろお》の住宅街にある四階建ての低層マンションの駐車場に入り、私は首を傾《かし》げた。

ここは私の家でもなければ、玲人君の家でもない。

「ねえ、ここどこ？」

エンジンを止めて、シートベルトを外す彼に尋ねる。

「ここは、俺たちの新居」

澄まし顔で答える玲人君。

その言葉に私は目を見開き絶句した。

私たちの新居？　ええ～！

「ほら、ボーッとしない」

彼は慣れた手つきで私のシートベルトを外し、車を降りると、助手席のドアを開けて私の手を掴む。

「私……家に帰るよ」

狼狽えながらブンブンと首を横に振って抗議すれば、彼はおもしろそうに笑った。

「帰っても家の中には入れてもらえないよ。今朝、瑠璃のお母さんからも『早く孫が抱きたい』って連絡あったし」

ま、ま、孫～！

お母さんたら、なにとんでもないこと玲人君にお願いしてるの！

変なプレッシャーかけないでよ。

「まだ結婚もしてないのに……孫ってなんなのよ！　もうお母さん！」

この場にいない母に向かって毒づく私に、彼は淡々とした様子で告げた。

「でも、生まれた時から結婚するのは決まってる。瑠璃がうちに就職して、俺たちの両親はほぼ結婚したつもりになってるよ」

「そんなあ〜。急に一緒に住むと言われたって困るよ〜！」

心の準備ができてないし……。いや、そもそも一緒に住む気なんてなかった。

動揺を抑えきれずに言えば、彼は無表情で聞いてくる。

「じゃあ、いつならいいのかな？」

少し玲人君が怒っているように感じるのは、気のせいだろうか？

「それはその……」

いつか婚約を解消するつもりだから、永遠にそんな日は来ない。

でも、それを言ったら、私が玲人君に不満があるって思われるかも。

ああ〜、なんて言えばいいの⁉

返答に困って視線を逸らすと、彼は軽く溜め息をついた。

「瑠璃を待ってたら、お互いじいさん、ばあさんになるよ」

「だったら、玲人君はいいの？　私と住むんだよ？」

そうしたら、ますます婚約を解消しにくくなるじゃない！　なんで反対しないの？

ひょっとして自分の人生諦めて自棄《やけ》になってる？

「婚約してるんだし、なんの問題もない」

玲人君は平然とした顔で答える。

その顔からは、彼の感情が読み取れない。

礼儀正しい婚約者なんていらない。もっと本音でものを言ってよ！

「そういうんじゃなくて……私が言いたいのは……」

思わずカッとなって声を荒らげたら、彼が私の口を押さえた。

「静かに。もう夜遅いんだから、そんな大声出さない。ここで言い合ってても疲れるだけだ」

憎らしいほど落ち着いた声で注意され、彼に抱き上げられた。

「ちょっ！　下ろして！　玲人君！」

子供のように手足をバタバタさせて抵抗したら、彼は呆《あき》れた顔をする。

「無駄な足掻《あが》き。あんまり暴れると、下着が見えるよ」

その発言にカーッと顔の熱が上がる。

私はそのまま黙って彼に運ばれた。

エントランスを通ってエレベーターに乗り、最上階の四階にある部屋に着くと、玲人君は私を下ろして鍵を開ける。

「さあ、どうぞ」

彼に促されて中に入れば、新築のいい匂いがした。

玄関を上がり、玲人君に続いて、目の前にまっすぐ伸びている廊下を歩く。彼は迷わず、突き当たりにあるドアを開けた。

そこは三十畳ほどある広いリビング。暖炉もあり、真ん中に置いてあるソファセットはイタリア製の白のレザーでとてもお洒落だ。天井は高く、豪華なシャンデリアが輝いている。

ホーッと見惚れていたら、玲人君がそんな私を見てクスリと笑った。

「インテリアコーディネーターに頼んだんだけど、気に入った？」

気に入ったどころではない。まさに私が夢見ていたような部屋で……。

「素敵すぎて……夢の中にいるみたい」

胸の前で両手を組んで目を輝かせた。

「それはよかった。じゃあ、俺はお風呂沸かしてくるから、家の中探検してきたらいいよ。瑠璃の服も揃えてある」

玲人君はそう言いながらスーツのジャケットを脱いで、ネクタイを外し、リビングを出ていく。

彼がいなくなると、ソファにストンと腰を下ろし、フーッとひと息ついた。

今朝家を出る時に、やたらお母さんがニヤニヤしてたのは、この新居のことがあったからなのね。

私をびっくりさせようと内緒にしてたんだろうけど、事前に知らせてほしかった。

玲人君も玲人君だ。

彼の様子だとここに来たのは初めてではなさそうだし、もっと前から知っていた気がする。

彼はなにを考えて私と住むことを了承したのだろう。

なんかもう……今日は精神的にも肉体的にも疲れきっていて、なにも考えられない。

天井のシャンデリアを見つめるうちにまどろんでいたようだ。

「瑠璃、お風呂沸いたよ。先に入ってきたら？」

玲人君にトンと優しく肩を叩かれ、ゆっくりと目を開けた。

「あ……うん」

ボーッとする頭で返事をしてソファから立ち上がる。

玲人君はいつの間にか、ダークグレーの部屋着に着替えていた。

こういう格好も絵になるな……なんて思いながらバスルームに向おうとして、足が止まる。

「あっ、バスルームってどこかな？」

自分の新居というより、人の家にお邪魔している気分だ。

「こっち」

玲人君に手を引かれ、リビングの隣にあるバスルームに連れていかれた。

脱衣室には洗面台がふたつあり、ドラム式の洗濯機が置いてある。棚のアメニティグッズやタオルは高級ブランドのもので、これはおばさまのチョイスだろうか。

欠伸《あくび》をしながら周りを見ていたら、彼に笑われた。

「眠そうだな。俺も一緒に入ろうか？」

彼らしくないふざけた発言に驚いて一気に目が覚める。

「じ、冗談！」

「冗談だよ。お風呂で寝ないように」

玲人君は私の頭をポンと軽く叩き、バスルームを出ていく。

この状況でよく冗談なんか言えるよね。全然笑えないんだけど……。

いつもの彼らしくない。

やっぱり、私と一緒に住むことになってヤケっぱちになってるんじゃあ。

だってまだ二十二歳だよ。男の人ならもっと遊びたいって思うんじゃないの？

それが生まれた時から決められてる冴えない婚約者と同居って、これは本人にとっては拷問《ごうもん》でしょう?

「あっ、寝室って当然別だよね?」

突如降って湧いてくる不安。でも、頭の中ですぐに否定する。

まだ結婚してないんだし、さすがにそれはないな。玲人君だってひとりでゆっくり寝たいだろう。

そんなことを考えながら服を脱いで、お風呂に入ると、ジャグジーがあってテンションが上がった。

泡の刺激が心地いい。ずっとこうしていたいな。

「なんか……今日はいろいろありすぎて……疲れ……た」

もうなにも考えたくない。

あっ、着替え持ってくるの忘れたかも。

そんなことがふと頭をよぎるが、すぐにお風呂から出て取りに行く気にはなれなかった。

もうちょっと浸《つ》かってからにしよう。

気持ちいいから……もうちょっと……後で……。

瞼《まぶた》が重くなってきて目を閉じる。

「瑠璃？　瑠璃？　いつまで入ってる？」

玲人君の声がする。

疲れが取れるまでですよ。

心の中でそう答えて、まどろんだ。

遠くで「瑠璃！」と呼ぶ声が聞こえたが、疲労が激しくて反応できなかった。

ねむ……い。

ガチャッとドアが開く音がして、「この馬鹿！　風呂で寝るな！」と大声で怒鳴られた。

うっすら目を開けるが、視界がボヤけて見える。それに、だんだん意識が遠くなってきたのか、耳は遠くなるし、身体の感覚は鈍くなって……。

「玲人君……ねむ……い」

必死に睡魔と戦うが、もう意識が飛びそうで目は開かなくて……。

私が覚えているのはそこまでだった。

彼の解禁

『好きだよ』

玲人君の声が聞こえた。

でも……これは、夢だ。

私がいつも妄想してやまない彼の告白。

夢の中でもいいから、言われてみたい。

そう強く願っているせいで……たまに神様が見せてくれる極上の夢。

現実だったらどんなにいいだろう。彼以外の人なんてきっと好きになれないな。

そう思いながら、虚構《きょこう》の世界に溺《おぼ》れていくのだ。

だって、夢なら自分の気持ちに正直になれるし、彼を独り占めしたって誰にも迷惑はかけない。

愛《いと》おしげに私の頭を撫《な》でる彼の手。

その温かさ、その感触。

なんてリアルな夢なんだろう。ずっとこうしていたい。

でも……夢はいつか終わる。

ピピピッ、ピピピッと目覚まし時計の音が聞こえてきた。

でも……これはいつもの音じゃない。ん？　なんで？

そう思いながら手探りで目覚まし時計を探すが、いつもの場所にはなくて、代わりにサラサラした髪の感触がした。

んん？　なんで髪の毛！

驚いてパッと目を開ければ、私の隣で玲人君が上体を起こして目覚まし時計を止めていて、唖然《あぜん》とする。

どうやら私が触れていたのは彼の髪だったらしい……じゃない！

な、な、なんで玲人君と一緒に寝てるの～⁉　ぎゃあ～！

あまりの衝撃に声にならない悲鳴をあげ、ギョッとしながら彼を見た。

お風呂に入ってたはずだよね？　瞬間移動でもした？

頭の中は大混乱。

「おはよう。瑠璃。手の火傷はどう？」

激しく動揺している私とは対照的に、彼は寝起きとは思えない穏やかな顔で私の手を取る。

「痛い？」

私の顔を見つめながらそっと手に触れる彼に向かってブンブンと首を横に振った。

彼とベッドにいるショックが大きくて声が出てこない。

「昨日、髪の毛乾かさずに寝たから頭ボサボサだよ。まだ六時半だし、時間に余裕あるからシャワー浴びてきたら？」

玲人君はいつもと変わらぬ様子でポンと私の頭を叩き、サッとベッドを出る。

一体なにがどうなってるの〜！

カーテンを開けると、彼は振り返った。

「あっ、瑠璃の着替えはここに入ってるから」

思い出したように言ってクローゼットを指差し、玲人君はスタスタと寝室を出ていく。

彼の姿が見えなくなると、私はガバッと体を起こし、辺りを見回した。

二十畳くらいの広い寝室。窓は花柄のステンドグラスでとてもお洒落だ。

それに、キングサイズの大きなベッド。

ここでふたりで寝てたなんて……。

心臓がいまだかつてないくらいバクバクいっている。

胸に手をやるが、あることに気づいてハッとした。

嘘……ブラつけてない⁉　そういえば、下は……？　自分の肌の感触しかしないんですけど……。

まさか……。

サーッと血の気が引いていく。

嫌な予感がして、布団をバサッと剥がせば、私は玲人君のものらしき大きな黒いTシャツしか着ていなかった。

さらに驚いたことに……下着もつけていない。

う、う、う……嘘でしょう！　なんで……こんな格好なの？

混乱する頭で、必死に昨日の記憶を辿《たど》る。

玲人君に言われてお風呂に入って……で、なんだか彼に怒られたような……。

そして、今なぜか……ベッドの上。

自分でここまで移動した覚えはない。このTシャツだって自分で着た記憶なんかまったくないんですけど～⁉

ということは……玲人君が私にTシャツを着せて、ここまで運んだ？

「あー、ぎゃあ～！」

布団を頭までかぶり、奇声をあげる。

裸、玲人君に見られた⁉　いや〜、もう死にたい！

「お嫁にいけない〜！」

あまりの羞恥《しゅうち》にそう叫べば、玲人君が戻ってきた。

「うちの他にどこにお嫁に行くつもりなの？」

私の声が聞こえたのか、彼はベッドにやってきて布団をめくると、じっと私を見つめてきた。

だが、まともに彼の顔を見られなくて、顔を背ける。

「そんなあてないけど……。あ、だって……私の……裸……見たんでしょう？」

あまりに恥ずかしくて声がしぼんだ。

玲人君に向かって尋ねれば、彼はこちらを見て何食わぬ顔で答える。

「誰かさんが風呂で居眠りしたからね。仕方ないだろ」

「だって……疲れてて」

そう言い訳したら、彼は少し厳しい顔で注意した。

「だからって風呂で寝ない。俺がいなかったら、今頃風邪引いて熱出してたよ」

「うっ……ごめんなさい。お見苦しいものまで見せてしまって」

玲人君だって見たくて見たんじゃない。私の裸なんか見る羽目になって、気分が悪かったろうな。

ああ〜、そうだよ。玲人君はなにも悪くない。

私ひとりで大騒ぎして、なにやってるんだろう。そもそもお風呂で寝てしまった私がいけないのだ。

ひとり反省していたら、意外な言葉を彼にかけられた。

「綺麗だったよ」

「は？　なにが？」

わけがわからず聞き返すと、彼がバサッと上着を脱いでいて、「キャッ！」と声をあげた私はとっさに手で目を塞《ふさ》いだ。

「ここで脱がなくても……」

弱々しい声で抗議したら、彼はクスッと笑う。

「自分の家なんだからどこで着替えようが俺の自由だし、瑠璃ももうお子様じゃないんだから慣れないとね」

その声はどこか楽しげだ。

「そ、そんなの慣れないよ〜。もう着替え終わった？」

目を隠したまま確認するが、返答がない。

代わりにふわっとなにか柔らかいものが唇に触れた。

え？　今のなに？

不思議に思って手をどければ、上半身裸の彼が身を屈《かが》めて私の顔を覗き込んでいる。

玲人君と目が合い、心臓がドキッと跳ねた。

彼はしたり顔で笑っている。

ひょっとして……。

「今……キスした？」

呆然《ぼうぜん》と呟く私の頬に手を添え、玲人君はゆっくりと頷く。

「したよ。そろそろ解禁にしようと思って」

「解禁？」

意味深な玲人君の言葉に小首を傾げたら、彼は「なんでもない」と首を振った。

「ほら、モタモタしてると、シャワー浴びる時間なくなるけど。八時にはここを出て会社に行くよ」

チラリと目覚まし時計に目をやれば、もう六時五十分過ぎ。

「あっ、どうしよう！　玲人君、目つぶってて！」

下になにも着ていないのが恥ずかしくてそうお願いすると、彼は楽しげに頬を緩めた。

「じゃあ、十秒だけ。十、九……」

目を閉じてカウントを始める彼に文句を言いながらベッドを下りる。

「十秒なんて短いよ！」

カウントが終わる前になんとか寝室を出たが、百メートルを全力で走った時のように息が乱れた。

あ〜、なんで朝からこんなに疲れるの？

私……心臓発作でそのうち死ぬんじゃないだろうか？

シャワーを浴びながら彼のキスを思い出し、自分の唇にそっと触れる。

キスなんてされたの初めてだ。

私のこと好きじゃないのになんでキスなんか……。

頭の中は真っ白。

好きな人にキスされたら嬉しいはずなのに、なぜか涙が出てきて……。

いくら婚約者だからって、義理でキスまでしなくていいのに。

彼がなにを考えているのかわからない。

ああ……もう考えるな。これから会社行くんだし、ぼんやりしてたらまた失敗しちゃう。

シャワーを止めて、シャワーブースを出る。

あっ、また着替え持ってくるの忘れた。ほらね、他のことに気を取られるから、失敗しちゃうんだ。

バスタオルを身体に巻きつけ、ドライヤーで髪を乾かすと、鏡で顔をチェックした。

大丈夫よ、瑠璃。目は赤くなってないし、腫れてもいない。これなら、泣いてたなんて彼に気づかれない。

歯磨きを済ませ、寝室に戻ってクローゼットを開けた。

見覚えのない新しい服が並んでる。どれも高級ブランドだ。引き出しには下着が入っていて、こちらも新品でブランドもの。しかも、私好み。

家具だけじゃなくて、私の服まで手配したなんて……。うちの母親も手伝ったんだろうけど、いつから準備してたんだろう。

全然気づかなかったが、大学卒業よりももっと前かもしれない。多分、うちや彼の両親にゴリ押しされたんじゃないかな。

下着をつけて、一番左にあった綺麗なラベンダー色のスーツを着る。

サイズもピッタリで、姿見の前でくるっとひと回りした。

「動きやすいし、いい感じ」

寝室を出て、玲人君の姿を探してリビングに行くと、その隣にあるダイニングのテーブルに彼が皿を並べていた。

「ちょうどよかった。瑠璃、朝食できたよ」

私に気づいた玲人君が声をかける。

「あっ……うん」

本当に彼と結婚してるみたい。

なんだか私……彼に流されてない？

席に着けば、そこにはトースト、サラダ、目玉焼き、ソーセージが並んでいた。

赤いマグカップに玲人君が紅茶を入れてくれて、彼も私の前に座る。

彼のマグカップは青だ。

お互いの好きな色。

好きな人との絵に描いたような食卓。

勘違いするな。これは現実であっても……フェイクなのだ。

私たちは愛し合って一緒にいるわけではない。

なのに……彼は理想の婚約者を演じてキスまでした。

このお芝居は一生続くの？

そんなの耐えられないよ。玲人君だってそうじゃない？

「瑠璃？」

玲人君に声をかけられてハッとする。

「あっ……私の好きな紅茶の香りだと思って」

とっさに笑ってごまかすが、彼は不審そうな顔。彼はほんの些細な変化も見逃さない。

なにか言われる前に言わなきゃ！　このままだと私が落ち込んでいることに気づかれる！

「食べよ！　ホント玲人君、料理もできるし、なんでもできるよね」

明るく笑いながらトーストにバターを塗る。

「ただ焼いただけだよ。料理は瑠璃に負ける。今度サバの味噌煮作ってよ」

玲人君はサバの味噌煮が好きだ。だから以前、九条家のレシピを教えてもらったのだけど、それが私の一番の得意料理。玲人君がうちに来た時に何度か手料理を食べてもらったことがある。

「いいけど、点数はつけないでね」

また十点なんて言われたら凹《へこ》む。

「昨日のコーヒーのこと気にしてるの？」

彼はマグカップを口に運びながら聞いてくる。

「十点なんて不合格だもん」

上目遣いに彼を見てトーストをかじれば、彼はクスリと笑みを浮かべた。

「まだ拗《す》ねてるんだ。じゃあ、朝一でコーヒーお願いするからリベンジすれば？」

「次は七十点目指します」

そう意気込んで宣言すると、彼はニヤリとした。

「そこは百点って言わないと」

「私は謙虚なんです」

ムッとして言い返せば、玲人君はフッと微笑する。

「まあ瑠璃らしいけど、もっと欲張りになってほしいな」

そう言って意味ありげにじっと私を見つめる彼。

そんな彼に心の中で悲しく突っ込んだ。

私が〝欲張り〟になったら、あなたを手放せなくなるよ。

朝食を食べ終えると後片付けをして、スマホで現在地と最寄駅を確認した。

会社まではドアツードアで二十分。これなら途中迷ったとしても、三十分あれば余裕で着く。

うちの会社の始業時間は九時だ。

「玲人君、私、先に行くね」

バッグを手に持ち、玄関に行こうとしたら、彼に手を掴まれた。

「待って。行くってどうやって？」

「え？　電車だけど。大学の時にも友達と何度か乗ったことがあるし、乗り換えもスマホでわかるから大丈夫！　お財布ケータイも設定し……」

設定したんだよ、って言おうとしたら、いきなり玲人君が私の身体を抱きしめた。

トクンと大きく跳ねる私の心臓。

な、な、何事！　玲人君、急に気分悪くなったとか？

「れ、玲人く……ん？」

ドギマギしながら声をかければ、彼は私の耳元で意地悪く言った。

「朝のラッシュ、どれだけ混むか知ってるの？　こうやって痴漢に襲われたらどうする？」

え？　痴漢？　そんなの全然想定してないよ！

玲人君の腕を外そうとしても、両手はしっかり彼にホールドされていて動かせない。

嘘……。ビクともしない。

「うーん！」

うめき声をあげながら今度は全力で彼から離れようとするが、やはり体格差があるのか、彼に捕まったまま。

え〜！　こんなの、どうやって逃げるの〜！

困惑する私を嘲笑《あざわら》うかのように、玲人君は冷たい口調で言う。

「実際の痴漢は瑠璃の胸とかお尻を触ってくる。そんなじっと黙ったままじゃあ、撃退なんかできないよ」

「だって……どうしていいかなんてわからない」

蚊の鳴くような声でそう訴えるが、彼はまだ離してくれない。

「なにも抵抗しなかったらずっとこのままだけど。どうするのかな？」

彼がおもしろそうに私の耳元で囁《ささや》く。

密着する身体。

彼の体温が伝わってきて頭がおかしくなりそう。

実際カーッと身体の熱が上がってきて、頭がボーッとしてきた。

ダメ……限界。

「れ……玲人……君、もう……離して」

やっとのことでそれだけ口にすると、玲人君はパッと抱擁《ほうよう》を解いて無表情で告げる。

「うちの社員は、研修で痴漢対策の護身術を習う」

それは初耳だ。

「え？　そうなの？　でも……私、研修受けてないよ」

驚きの声をあげれば、玲人君は痛い子でも見るような目で私を見た。

「嘘だよ」

「え？」

意味がわからずキョトンとすれば、彼に頭を軽く小突かれた。

「護身術の研修なんかない。この程度の嘘も見抜けないんじゃ、まだまだだね」

私に向けられるその厳しい視線。

暗に彼は〝お前は世間知らず〟と言っているのだ。

「それは……玲人君が嘘つくなんて思わなかったから」

玲人君から視線を逸らして弁解したけれど、彼は頭ごなしに反対した。

「とにかく、電車通勤なんて許可できない。そもそも同じ会社に出勤するのに別々で行く必要ないよ」

その強い口調に思わず怯《ひる》むが、ここで引き下がるわけにはいかない。

彼と一緒に出社すれば、『あんなのが副社長の婚約者』とか『副社長と一緒に出勤なんて厚かましい女』とかいろいろ陰口を叩かれるだろう。

「……でも、一緒に出勤したら、いかにも婚約者ですって周りに言ってるみたいだし」

弱々しい声で反論すれば、彼は冷ややかに言った。

「昨日親父がみんなに言いふらしてたし、もう会社中が知ってると思うけど」

「それはそうなんだけど、……あまり目立ちたくない」

もじもじしながら言い返すと、玲人君にギロッと睨まれた。

「周りにどんな目で見られるかなんて、充分予想はできたはずだよね？　それなのにうちに就職したんだ。今さら後悔しても遅いよ」

彼のキツい言葉が胸に突き刺さる。

もうなにも言い返せなかった。

彼が怒るのは当然。生半可な気持ちで就職した私が馬鹿だったのだ。

私が玲人君の会社に入った理由を知られたら、きっと彼は軽蔑するに違いない。

普通のＯＬのようなオフィスライフを味わってみたくて、それに玲人君のそばにいたかったから……なんて浮ついた動機、口が裂けても言えないよ。

「……ごめんなさい」

うつむいて謝ると、玲人君は私の顎を掴んで目を合わせた。

「もっと堂々としてればいい。そのうちみんな瑠璃を認めてくれるよ」

今度は優しい顔でそう告げると、私にそっと口づける。

義理のキスだってわかっているのに、拒めなかった。

そこに愛情がこもってるなんて思ったのは、私の勝手な妄想に違いない。

私は、あなたの好きな人じゃない

「栗田さん、だいぶ仕事慣れてきたね」

会議室でプロジェクターの準備をしていたら、会議資料を持って現れた小鳥遊さんが声をかけてきた。

入社して五日目。

朝一番に玲人君にコーヒーを持っていくのが私の日課となったが、まだ彼に百点はもらえていない。

火傷の方は軽傷だったのもあるけど、彼の処置がよかったおかげで、綺麗に治った。

明日は土曜でやっと休みだ。

初めての仕事とあって疲れはピークにきている。しかも、家に帰れば玲人君もいるわけで……。

彼が帰ってくるのは夜遅くなんだけど、気を緩められないんだよね。

基本的に体力がないせいか、家ではソファでボーッとテレビを見ているか、うたた寝をしている私。

自分なりの体力温存方法なのだけど、こんなだらしない姿を彼に見られたくない。

それに一緒に住むようになってからというもの、玲人君は突然スキンシップを増やしてきた。

大学までは子供にするように頭を撫でられるくらいしか彼と触れ合うことなんてなかったのに、たった数日でハグやキスをしてきて……私はパニック。

距離を置こうと、玲人君が帰宅する前にリビングのソファで寝ても、なぜか朝になると一緒にベッドで寝ていて、彼は王子様のようにチュッと目覚めのキスをする。

玲人君は平然としているが、私はそのたびに心臓がドキッとして一気に目が覚めるのだ。

この生活が普通になっていくのが怖い。

どこかできっぱりやめないと、婚約解消なんてできない事態になるんじゃないの？

私が疲れて先に寝てしまうからか、それとも玲人君が私に興味がないせいか、まだ抱かれてはいない。

でも……あり得ないとは思うけど、万が一彼が豹変《ひょうへん》したら……どうする？

周囲が跡継ぎをってうるさく言ってきたら、彼は好きでもない私だって子供を作るために抱いてしまうんじゃあ……。

ダメダメ！　そんなの絶対にダメだよ！　愛がないのに抱かれるなんて嫌！

彼に好きな人ができるのを待とうと思ってたけど、そんな悠長なことを言っていられない状況まできている。

私がおじさまたちに『婚約破棄してください』ってお願いするしかないかな？

でも……それだけじゃあ、説得力がない。

「栗田さん？」

小鳥遊さんの顔が突然目の前にあって、驚いた私は大きく仰《の》け反《ぞ》った。

「わっ！　小鳥遊さん、顔近い！　びっくりさせないでくださいよ」

「ごめん、ごめん。でも、栗田さん、ボーッとしてたから、ちょっと心配になって」

「……すみません」と謝りながらあっと閃く。

私に恋人ができたって言えば、信じてもらえるんじゃない？

小鳥遊さんなら、仕事も有能で好青年だし、彼に恋人役をお願いすればいいのでは？

「あの……小鳥遊さん」

「なに？」

小鳥遊さんは私に優しい笑顔を向けた。

でも、こんな変なことをお願いするとなると、ためらってしまう。

「あ……やっぱりいいです」

首を小さく左右に振って言うのをやめれば、彼は優しい目をして促した。

「そういう言い方されると気になるんだけど、言ってみてよ」

あ〜、頭おかしいって思われたらどうしよう！

「瑠璃ちゃん、先輩の命令は絶対だよ」

小鳥遊さんは私を見据えて意地悪く笑う。

それは、高校時代の先輩の顔。親しげに下の名前で呼んで、笑顔で圧力をかけてくる。

「言わないと玲人に、瑠璃ちゃんがお前のスーツのジャケットに頰ずりしてたってバラしちゃうけど」

小鳥遊さんの目が悪戯っぽく光る。

う……そ。

副社長室に誰もいないと思っていたのに、見られてた？　だって……玲人君の椅子にジャケットがかけてあって、つい出来心でやっちゃったんだよね。

「瑠璃ちゃん、早く言わないと時間切れになるよ」

ニヤリとする小鳥遊さん。

わ～！

あれは絶対に玲人君に知られたくない。知られたら、変態だって思われるよ～！

ああ～、もう言っちゃえ！

「わ、私の恋人役やってもらえませんか？」

勢いづいて言葉がつっかえてしまったけれど、なんとか言えた。

「え？」

小鳥遊さんは、私の頼みに呆気《あっけ》に取られた顔をする。

「なんで？　玲人っていう立派な婚約者がいるでしょ？」

「それは互いの祖父の約束で決まったことで、このままだと本当に結婚することになります。玲人君だって自由に恋愛したいと思うんです。彼のためにひと肌脱いでくれませんか？」

事情を説明して、小鳥遊さんに向かって必死に拝《おが》むように手を合わせた。

「あ～、玲人の奴なにやってんだ？」とボソッと呟きながら、彼は困り顔で頭をポリポリとかく。

「他の頼みなら聞いてあげられるけど、悪いけど無理だなあ。俺、彼女がいるし、それに、まだ死にたくないいんだよね。あいつに殺される」

彼女……。

そうだよ。小鳥遊さんくらいハイスペックな人なら彼女くらいいて当然だ。

彼女さんにも申し訳ないこと言っちゃった。

「……そうですよね。変なこと言ってすみません。今お願いしたことは忘れてください」

いい案だと思ったのにうまくいかない。

がっくり肩を落として彼に謝る。

「いや……俺はいいけどさあ。瑠璃ちゃんなんでも考えすぎ。あんま悩むと禿《は》げるよ」

クスッと笑って小鳥遊さんは、私の頭をポンと叩く。

「悩むと禿げるんですか？」

すぐさま両手で頭を押さえて聞き返したら、小鳥遊さんがククッと肩を震わせた。

「冗談だよ。瑠璃ちゃん、やっぱかわいいな。玲人も心配するわけだ」

「は？」

ポカンとして首を傾げたら、ドアからひょこっと社長秘書の前田さんが現れた。

「小鳥遊さん、会議室でかわいい部下を口説くのはやめてくださいね」

キッと彼に鋭い視線を投げる前田さん。

「おお怖！　口説いてないよ。ちょっと恋愛相談に乗ってただけ」

小鳥遊さんはわざと肩を震わせ、大袈裟《おおげさ》に驚いてみせる。

「副社長が探してましたよ」

冷ややかに告げる前田さんの手に、小鳥遊さんは会議資料を預けた。

「ああ。悪いけど、これ並べておいて。それと、その能面顔、やめた方がいいよ」

フッと謎めいた微笑を浮かべ、小鳥遊さんは会議室を後にする。

「もう、誰が能面顔よ！」

前田さんは、眉間にシワを寄せてボソッと毒づいた。

いつも完璧な笑みを浮かべている彼女のそんな姿を見るのは初めてだ。

「前田さん？」

彼女の顔をじっと見れば、彼女はとっさに笑顔を取り繕う。

「あっ、ごめんなさい。資料並べましょうか」

「はい」

前田さんから資料を半分受け取り、机に並べていく。

「秘書ってずっとデスクで仕事してるものと思ってましたけど、結構動き回りますよね」

私がここ数日の仕事の印象を話すと、彼女はにっこりと微笑んだ。

「そうね。海外出張でボスがいない時は落ち着いて仕事ができるけど、来客とかあるとバタバタしちゃうわ」

「でも、前田さんはバタバタしてる風には見えませんよ」

いつも落ち着いていて、仕事も完璧。でも、冷たい印象はなくて、百合《ゆり》の花のように可憐《かれん》で美しい。

「そう見えないようにしてるだけ。本当は廊下だって走りたいの我慢してるんだから」

前田さんは悪戯っぽく笑ってみせる。

優しいし、親切だし、社内でも彼女はみんなの憧れの的だ。

私も前田さんのような秘書になりたいな。

「すみません。私は廊下堂々と走っちゃってます」

申し訳なさそうに言ったら彼女と目が合い、お互い笑った。

「栗田さん、頑張ってるもんね。でも、走っちゃダメよ」

前田さんは温かい笑顔を向けながら優しく注意する。

「はい、気をつけます」

にっこり頷いて返事をすると、彼女は目を細めた。

「副社長がそばに置いておきたがる気持ちわかるわ」

「え？　小鳥遊さんをですか？」

誰のことかわからず、小鳥遊さんの名前を挙げて聞き返す。

「違うわ。栗田さんよ」

フフッと頬を緩める彼女の言葉をブンブンと首を横に振って全力で否定した。

「ええ〜！　それはないですよ。ここに入るの、すごく反対されたんですから」

私が身体が弱いからというのもあったと思うけど、会社でも私を目にするのは嫌だったというのが本当の理由ではないだろうか。

私がいたんじゃあ、落ち着いて仕事ができないだろうし。

彼女は私の発言に意外というような顔をした。

「そうなの？　でも、秘書室に来ると、副社長、真っ先に栗田さんの姿探すわよ」

「それは……私がなにか失敗していないか心配なんですよ」

自嘲気味に言えば、前田さんは私の口調を真似た。

「それは、栗田さんが好きだから心配するんですよ」

前田さんの言葉に胸がチクッとする。

好きだからでは決してない。すべて婚約者としての義務と責任からだ。

「もう前田さん、からかわないでくださいよ」

無理矢理笑ってそうお願いすれば、彼女はクスッと笑いながら謝った。

「ごめんなさい。でも、羨ましいな。私も心配されてみたい」

前田さんは、少し寂しげな顔でハーッと溜め息をつく。

「え？」

前田さん、ひょっとして玲人君のことが好きなの？

首を傾げて聞き直したが、前田さんは小さく頭を振った。

「ううん。なんでもない。そういえば、今日の栗田さんの歓迎会、副社長が遅れるけど出席するって言ってたわよ」

前田さんの言葉に軽く相槌《あいづち》を打つ。

「そうなんですね」

玲人君、朝は忙しいから難しいって言ってたのにな。

「婚約者なのに嬉しくなさそうね」

前田さんは、私の態度を見て怪訝《けげん》な顔をする。

もっと喜ぶと思ったのだろう。

「私のために無理してほしくないんです。今週は仕事が忙しかったみたいだし」

私が入社した日以外、彼は日付が変わってから帰宅しているようだった。

なるべく彼の負担を減らしたいと思うのだけど、私にできることといったら料理や洗濯といった家事くらいで……。

「まあ、副社長が働きすぎなのはいつものことだけど、栗田さんが来てから表情が柔らかくなったわ。それまでは人を寄せつけない雰囲気があって、話しかけるのもちょっと怖かったけどね」

「副社長、普段あまり笑いませんもんね。わかります」

彼はあまり自分の感情を顔に出さない。小さい頃から九条グループの跡取りとして英才教育を受けてきて、周囲の期待に応えるべく頑張ってきたせいだろう。

将来の夢だって、幼稚園までは星が好きで天文学者になりたいなんて言ってたのに、小学校に上がったら九条グループの社長と言うようになって……、子供ながら彼の変化に不安を覚えた。

幼稚園の頃はもっと表情豊かだったと思う。でも、小学生になったら今のクールな玲人君になっちゃったんだよね。

彼のお祖父《じい》様が厳格な人だからかもしれない。

彼には人生の選択の自由がない。だからね、結婚くらい自由にさせてあげたいんだ。

私の好きな人だもん。彼には幸せになってほしい。

それが私の幸せ。

頭の隅でそんなことを思いながら、今日は大きな失敗はせずになんとか仕事を終えた。

それから、小鳥遊さんたちと連れ立って会社の近くの高級しゃぶしゃぶ店へ——。

店員にお座敷に案内され、靴を脱いで上がる。

「栗田さん、こっち座って」

小鳥遊さんに呼ばれてそのまま上座に着くも、落ち着かない。

「あの……私、隅っこの方が安心するんですけど」

自分の希望を口にしてみたが、小鳥遊さんに笑顔で却下された。

「ダメだよ。栗田さんは今日の主役なんだから」

「そうですよ。今日は小鳥遊さんの奢《おご》りでたくさん食べましょうね」

私の前に座った松本さんが、ニコニコ顔で言う。

「こら、勝手に決めるなよ。でも……まあ、今日は社長から軍資金もらったし、お嬢様方は払わなくていいかもな」

小鳥遊さんは、〝仕方がないな〟って顔で笑う。

「そこは『俺に任せとけ』くらい言ってほしいわね」

私の横に座った前田さんがクスッと笑ったかと思ったら、「社長から軍資金なんて、特別待遇ですね」と、松本さんの隣にいる佐藤さんがボソッと呟いた。

……ああ、佐藤さん、私のこと非難してるんだろうな。

実際、コネで入ったし、なにも反論はできない。

居心地の悪さを感じていたら、小鳥遊さんが私に飲み物のメニューを見せた。

「栗田さんは、お酒大丈夫？」

こういう気遣いができるところはさすがだと思う。気まずくなりそうな雰囲気がすぐに変わった。

「少しなら飲めます」

笑顔で答えれば、小鳥遊さんは私を見て微笑んだ。

「じゃあ、最初はビールで乾杯して、あとは好きなの頼もうか」

みんなでコース料理を注文して、美味しいしゃぶしゃぶに舌鼓《したつづみ》を打つ。

肉は高級山形牛《やまがたぎゅう》。

「私、副社長の婚約者が来るっていうから、高飛車《たかびしゃ》な人を想像してたんですよね」

お酒が入ってご機嫌の松本さんは、ぶっちゃけ話をする。

「私みたいのでびっくりでしょう?」

苦笑しながらそう言うと、彼女は「いい意味でね」と笑った。

「仕事なんて全然しないんだろうなと思ってたけど、なんでも一生懸命やるし、栗田さん見てたら、自分が入社した頃思い出しちゃった。うふふ。さあ、今日は飲もう!」

松本さんはキャハハと笑いながら、私のグラスにビールを注ぐ。

もうこれ以上飲めないとは言えなかった。彼女の言葉がすごく嬉しかったんだ。

「ありがとうございます」

松本さんにお礼を言ってビールを一気飲み。

「おっ! 栗田さん、イケるね! じゃあ、もっと」

また彼女は並々とビールを注ぐ。

「おい、松本さん、どっかのオヤジみたいだぞ。もうそれくらいにしとけよ」

苦笑いしながら小鳥遊さんが松本さんを止める。

和やかな歓迎会。

こういうの、ちょっと憧れてたんだ。

お酒はあまり強くないけど、嬉しくなってビールだけでなく、普段飲まない日本酒も飲んだ。

身体が熱い。なんだかすごくいい気分。

着ていたジャケットを脱いで、手で顔をあおぐ。

「食べ物は美味しいし……今日はお酒もいつもより美味しく感じる」

クスッと笑いながら、お酒を口に運んだ。

それを何回繰り返したのか……。

なんだか目がぼんやりして、眠くなってきた。

「栗田さん、デザート来たわよ。抹茶アイス」

前田さんに声をかけられたが、「はい」と返事をして壁にもたれかかる。

……眠い。

「ちょっ！　栗田さん、寝てる？」

ギョッとしたような小鳥遊さんの声がして、なんとか「まだ起きてますよ～」と返したが、そこからストンと暗闇に落ちた感じがした。

ん？　なんだろう？　話し声がする。

「……今日、栗田さんから、ドッキリ発言あったぞ」

小鳥遊さんの声だ。私のことを話している。

ドッキリ発言って……ああ！　会議室の話じゃない？

一気に頭が冴えてパチッと目を開ければ、私は誰かの膝の上で寝ていた。

「なんですか？　ドッキリ発言って」

上から声が聞こえてビクッとする。

れ、れ、玲人君～！

デザートの時もいなかったし、もう来ないかと思った……じゃない！

私……彼の膝を枕にしてる？

ええ～！　どうしてこんなことになってるの～？　いや、それよりも会議室でのこと、小鳥遊さん、お願いだから玲人君に言わないで～！

私がパニックになってあたふたしている間に、小鳥遊さんがハハッと笑いながら玲人君に話す。

「俺に恋人役やってほしいって言われてさあ。もちろん断ったけど」

あー、終わった……。

玲人君の膝の上で顔面蒼白《そうはく》になる私。

この状況で、玲人君と顔を合わせる勇気はない。このまま寝たフリをしよう。

そう決めて、目を閉じてふたりの会話に耳を傾ける。

もう帰ってしまったのか、他の秘書さんたちの声はしなかった。

「彼女、突然働きたいって言い出すし、最近なんかおかしいなって思ってはいたんですけど……。彼女の考えがそれでやっとわかりましたよ。ちょっと思い込みが激しいとこがあって」

なにか思案するように話す玲人君。

やっぱり就職のことも怪しまれてたんだ。

「彼女が暴走する前になんとかしろよ。お前も苦労するなあ。玲人みたいに完璧な奴は、恋の悩みなんかないって思ってたけど」

小鳥遊さんはどこか楽しげ。

でも、彼の言葉に衝撃を受けた。

玲人君に恋の悩みがある？　相手は一体誰？

彼が自由に恋愛することを望んでいたのに、彼に好きな人がいると知ってしまうと、心穏やかではいられなかった。胸がズキンと痛む。

「そこ、笑いながら言わないでくださいよ。人の恋愛おもしろがってる場合じゃないんじゃないですか？　俺が気づいてないとでも？」

玲人君はムッとした声で反撃するが、小鳥遊さんの発言については否定しなかった。

本当に……好きな人いるんだ。

「さあて、なんのことかな？」

小鳥遊さんがとぼける。

それからふたりがなにを話したのか、ショックのあまり耳に入ってこなかった。

私はそのままま眠ってしまったようで、目を開けると、玲人君と一緒に新居のベッドに横になっていて……。

いけない！

小鳥遊さんと玲人君の会話を思い出し、玲人君から離れようとしたら、背後から彼にギュッと抱きしめられた。

「行くな」

玲人君の声が背中に響いてドキッとする。

ひょっとして彼も起きた？

恐る恐る後ろを振り向いて確認するが、玲人君の目は閉じられたまま。

寝言……か。

彼の夢に出てきてるのは誰なんだろう？　私はその人の代役なのかな？

そう考えると、悲しくて目頭がじわじわと熱くなり、涙がこぼれそうになった。

泣くな。ここで泣いたら玲人君にバレちゃう。

お願いだから。涙……止まって。

我慢すればするほど止めどなく溢れてくる涙。

胸が痛い。つらい。

誰かの代わりなんて嫌だ。もう婚約なんて終わりにしたい。なにもかもなかったことにして、彼の前から消えたい。

血が滲《にじ》むほど唇を噛みしめ、声を殺して泣いた。

玲人君、ごめんなさい。

私は、あなたの愛する人じゃない。

玲人君の腕をそっと外し、ベッドを出た。

昨日会社で着ていた服のままだし、それに……化粧も落としていない。

着替えを持ってバスルームに行き、サッとシャワーを浴びる。

お酒を飲みすぎたせいか、頭痛がして気分が悪い。

だるいと思いつつもベッドに戻る気にはなれず、部屋着を着ると、リビングの横にあるベランダに向かった。

まだ朝早いのか周りは静かだ。

窓をそっと開けてベランダに出ると、聞こえるのは小鳥の鳴き声。

ウッドデッキに座り込み、壁にもたれかかる。

玲人君には好きな人がいる。

そのことを考えるだけで、心が……凍りそうだ。

彼が日常で会う人間は、会社関係の人に限られている。となると、彼の好きな女性は秘書室の人という可能性が高いわけで……。

思いつくのは、前田さんだ。優しくて仕事も有能で、しかも美人。

そういえば、玲人君は昨日の歓迎会、前田さんには後で出席するって言ったんだよね。やっぱり……前田さんが好きなのかな。

彼女なら玲人君にピッタリ。

前田さんも、彼のことを好意的に思っていると思う。

非の打ち所がない彼に好意を寄せられて、断る女の子なんていないよ。

玲人君と前田さん、ふたり並ぶと本当にお似合い。こんな容姿も平凡で仕事もできない私には勝ち目なんてない。

「勝ち目……？」

フフッと自虐的な笑みが込み上げてくる。

前田さんと競おうとしてるの？　まったく勝負になんてならないし、そもそも彼の幸せを応援するはずだったじゃない。

だけど心の奥底では、彼を手放したくないと思っているのだ。彼に依存して、執着している自分が嫌になる。なんて醜いんだろう。

「私って……馬鹿だなあ」

彼の心の中には、もう他の女の人が住んでいる。

私が入り込む余地なんてないわけで……。

玲人君の幸せのために身を引くのが、一番の恩返しだ。

彼からは言い出しにくいだろう。だったら私が彼に『婚約破棄します』と告げて、この家を出ればいい。

彼のお祖父様には、私に他に好きな人ができたとか、九条の跡取りを産む気はないと言えば納得してくれるんじゃないだろうか。

そしたら、玲人君がお祖父様に責められることはないはず。

今までなにかと理由をつけて行動に移せなかったけど、自分が悪者になってでも彼を守るんだ。

もっと早くに決断すべきだった。

玲人君……私が優柔不断なばっかりに不幸にしてごめんなさい。

ベランダに遊びに来た小鳥たちをボーッと眺めていたら、玲人君が現れた。

「リビングにもいないから探したよ。こんなところに座ってどうしたの？」

彼は、心配そうに私の顔を覗き込んでくる。

私のことなんて放っておけばいいのに。優しくしないで。せっかくの決意が揺らぐ。

彼から視線を逸らし、ウッドデッキの木目をじっと見ながら答えた。

「ちょっと昨日飲みすぎちゃって頭痛くて……。ベランダに出たら気分がよくなるかなって思ったの」

「春になったとはいえ、朝はまだ寒い。中へ入ろう」

玲人君は私にそう促し、腕を掴んで立ち上がらせる。

抗う力もなく、彼に従うも、身体がふらついた。

もう酔ってはいないのに、なんでふらふらするんだろう？

「顔が赤いな。熱があるんじゃあ……」

玲人君は私の額に触れ、熱があるか確認しようとする。

それは私たちが小さな頃から、彼の習慣にもなっていた行動。

だが、私はとっさに彼の手をパシッと払った。

「瑠璃……？」

いつも冷静な彼が少し驚いた様子で私を見る。

自分でもびっくりした。

彼の手を拒絶するなんて初めてで……。

「……ごめんなさい。大丈夫だから」

もう私に触れないでほしい。あなたの好きな人の代わりにはなれないよ。

私の腕を掴んでいる玲人君の手を外そうとしたら、また身体がふらついた。

そのまま倒れると思ったが、ふわっと身体が浮き上がって……。

「身体が熱い。これは結構熱がある。ベッドで寝てなきゃダメだ」

少し厳しい顔で言って、彼は私を抱き上げ、寝室のベッドまで運んだ。

身体がだるいから、できればこのままもう一度寝たかった。でも、彼と一緒のベッドに寝ることに罪悪感を覚えて、横にはならず、ベッドを出ようと上体を起こす。

「私……家に帰って休む。お父さんに連絡して迎えに……」

「瑠璃の家はもうここだよ」

玲人君は私の言葉を遮り、私の身体をベッドに押し倒した。

彼の行動に驚いてハッと目を見開く。

「れ……玲人……君？」

戸惑いながら玲人君を見れば、彼は真剣な眼差しを向けてきた。

「熱があるんだ。どこにも行かせない」

「でも……玲人君に面倒かけちゃう。家に……実家に帰るよ」

彼から視線を逸らしてそう主張する。

「瑠璃のことを面倒に思ったことなんて一度もない」

思わぬ玲人君の告白に耳を疑った。

「嘘だ！」

信じられなくて声をあげて否定する。

私はずっと彼のお荷物だったはずだ。

「嘘じゃないよ」

彼が本音を口にしないことに苛立《いらだ》つ。だから、カッとなって声を荒らげた。

「私のことなんて好きじゃないくせに！」

自分では絶対に言いたくなかった。でも、もうそんなこと構わない。

「なに馬鹿なことを……」

玲人君は目を丸くするが、込み上げてくる激情はもう抑えられなかった。

「……玲人君は、前田さんが好きなんだよね」

つらかったけど、喉の奥から声を絞り出す。

「なんでそうなる」

唖然とした顔になる彼。

きっと図星を指されて驚いているんだ。

ずっと待たせてごめんなさい。今、あなたを解放してあげるよ。

「玲人君、婚約解消してください！」

言った。ついに言った。

もうこれで私たちの関係は終わりだ。

すぐに緊迫した静寂が私たちを包んで、私は肩で大きく息をする。

聞こえるのは私の息の音だけ。

彼は黙ったまま。

今までずっと言えなかったけど……悔いがないと言えば嘘になるけど……これであなたは幸せになれる。部外者は身を引けばいい。

さあ、『わかった』って返事をしてよ。

固唾《かたず》を呑んで答えを待つが、私が期待した言葉を彼は紡がなかった。

「瑠璃、落ち着いて」

彼の冷静な声が、余計に私をイライラさせる。

「充分落ち着いてるよ！」

「落ち着いてるなら、なんでそんなに泣いてるのかな？」

穏やかな声で言われて初めて気づく。

いつの間にか涙で頰が濡れていた。視界も涙でだんだんぼやけてきて……。

「泣いてない！　見ないで！」

ギュッと目をつぶり、顔を横に向ける。

「嘘つき」

ボソッと私に向かって呟いたかと思ったら、彼が私に覆いかぶさってきて、唇を奪った。

それは、なにか罰を与えるような強引で激しいキス。

なにがなんだかわからなかった。

逃げようとしても、彼は私の両手をシーツに縛りつけるように押さえている。

婚約解消って言えば喜ぶはずじゃないの？

なのに、なんで……怒ってるの！　もう、わけがわからないよ。

しゃくり上げながら泣けば、玲人君はハッと息を呑んで、今度は私の頬を伝う涙を拭い優しく口づける。

その甘いキスで私はようやく落ち着いてきて、涙も止まった。

「瑠璃」

キスをやめて私の瞳を覗き込む彼。

「頼むから俺をあまり煽《あお》らないでくれる？　理性の箍《たが》が外れて瑠璃を襲いそうになる」

ハーッと溜め息交じりの声で告げると、彼はコツンと自分の額を私に当てた。

「やっぱり、熱高いな。朝食食べたら病院に行って診てもらおう」

『婚約解消してください』って言ったのに、完全にスルーされてる。

熱でおかしなことを口走ったと思われてるのだろう。

悔しくて思わず唇を強く噛むと、彼が手を伸ばして私の唇に触れてきた。

「そんなに強く噛んだら血が出るよ。瑠璃、俺は絶対に婚約解消なんかしない」

私の心を読んだように、彼はまっすぐな目で私が気にしていた答えを口にした。

でも、なぜ婚約解消しないのかわからない。

「どうして？　玲人君は私なんかに縛られないで、もっと自由に生きていいんだよ！」

必死に訴える私の目を見て、彼はとても穏やかに笑う。

「勘違いしないでほしいな。俺は誰にも束縛されてない。欲しいものはちゃんと自分で選んでる」

それって強要されて婚約したわけじゃないって言ってるの？

「どういうこと？」

「まだわからない？　瑠璃はいろいろと思い込みが激しいし、ホント鈍いよね」

少し呆れるように言って、私の唇を親指の腹でそっとなぞると、顔を近づけて唇を重ねてきた。

心臓がトクンと大きく跳ねる。

時が止まったような気がしたのは気のせいだろうか？

柔らかくて……温かくて……それに優しい口づけ――。

キスを終わらせると、彼は私の頬に手を添えて告げた。

「これが答え。それでもわからなければ、自分でじっくり考えるんだね」

玲人君は、したり顔で私を見る。

キスが答えってどういうこと？　自分で選んでるってことは、彼が私を選んだってことで……。

私……このまま彼の婚約者でいていいってこと？

ずっと彼のそばにいられる？

ついさっきまでは、悲壮感でいっぱいだった。

でも、彼のキスで身体がカーッと熱くなって、そのせいか心もポカポカしてきた。

お酒で酔っているみたいに身体がフワフワしている。

私……幸せかも。

「瑠璃？　大丈夫？　顔真っ赤だよ」

「だ、大丈夫。これは熱が上がってるだけだから」

激しく狼狽えながらそんなおかしな言い訳をすれば、彼は慌てた。

「それ、全然大丈夫じゃないから。氷枕持ってくる」

すぐさま寝室を出ていく玲人君。

私の胸は、呼吸が速くなって大きく上下する。

いつもはすぐ熱を出すこの身体を疎《うと》ましく思うのに、今は違った。

「嬉しくて今にも天に舞い上がりそう」

心の声を思わず口に出してしまえば、玲人君が戻ってきて苦笑した。

「今、天国に行かれたらすごく困るんだけど」

熱に浮かされているのか、そんなコメントを聞いてもエヘへと笑う私。

なんだかこれが夢か現実なのかもわからなくなってきた。

夢じゃなかったらいいな。

起きて夢だったって知ったらショック死しそうだもの。

玲人君が私の熱を測って、表情を曇らせながら「三十九度……」と呟くのが聞こえた。

「心配しないで。慣れてるから……」

条件反射でそんな言葉を口にすれば、彼はどこか余裕のない声で怒った。

「心配しないわけないだろ！　こっちはいつだって気が気じゃない。だから俺のそばから離れないで……」

熱のせいか、意識がだんだん遠くなってきて、もう目を開けていられない。

『瑠璃が好きなんだ』という玲人君の声が聞こえたような気がしたけれど……。

彼の愛の告白が現実だったのか、夢だったのかはわからない。

でも、その声に安心してそのまま意識を手放した。


「……やっと熱下がったな」

玲人君が体温計を見てホッとした顔になる。

土曜の朝に発熱して、今は日曜の夜。貴重な週末がもう終わろうとしている。

あれから熱でずっと意識が朦朧《もうろう》としていたのだけど、今はだいぶ落ち着いてきた。

「ちょっとお腹空いたかも……」

そう呟きながらベッドを出ようとしたら、玲人君に止められた。

「俺が作るから」

「でも、ずっとベッドにいるのも苦痛で……」

〝お願い〟と懇願するように彼を見る。

「じゃあ、俺が作ってる間、リビングでテレビでも見てたら？」

玲人君のその提案でリビングに移動し、ソファに座って、夜の十一時のニュースを見た。

今日は四月下旬にしては寒かったというニュースが流れた時、彼がトレーにフレンチトーストをのせてやってきて……。

甘い匂いがリビングに漂って、気分が明るくなる。

「わー、フレンチトーストだあ」

子供のように声をあげて、パチパチと手を叩けば、彼はそんな私を見て穏やかに笑った。

「これならたくさん食べるかと思って」

「ありがとう」

玲人君の目を見てお礼を言うと、彼はテーブルにトレーを置いて言った。

「どうぞ召し上がれ」

「うん。いただきます」

手を合わせて、フォークとナイフを手に取り、フレンチトーストを口に運ぶ。

パウダーシュガーがかかっていて、ふんわり焼けている。

「美味しい！」

思わずニンマリすれば、隣に座った玲人君が満足そうに頬を緩めた。

「それはよかった。でも、パウダーシュガー、いっぱい顔についてるよ」

「え？　どこ？」と聞いたら、彼の顔が目の前にあって……。

ペロリと私の唇を舐《な》める玲人君。

ん？

一瞬なにが起こったのかわからなかった。

「ん……甘い」

そんな感想を漏らしながら、ポカンとする私を見て彼はニヤリ。

その顔を見て、唇を舐められたんだって実感して、顔が火照《ほて》ってきた。

心臓はドキドキしている。

「もう……玲人君、急にそんなことしないでよ」

俯いて文句を言えば、彼は「じゃあ、最初に宣言すればいいんだ？」と澄まし顔で聞いてきた。

その顔が曲者《くせもの》だ。私をからかってるでしょう！

「それもダメ！」

顔をしかめて、ぴしゃりと断る。

「残念ながらその要望には添えないな」

不穏な声の響きにビクッとして彼を見た。

「え？」

「もう遠慮もしないし、我慢もしないから」

ライトブラウンの瞳が妖《あや》しげな光を放って私を捕らえ、彼に唇を奪われる。

それをやすやすと受け入れてしまう私。

「れ……玲人……君」

くぐもった声を出すと、彼は突然キスをやめ、少し咎めるような口調で言った。

「小鳥遊さんに恋人役なんか頼む瑠璃が悪い」

あっ、小鳥遊さんが玲人君に話したことすっかり忘れてた。

なんて言い訳しよう～！

ドギマギしてゆっくりと顔を逸らそうとしたら、彼の両手が私の顔を挟んで……。

「俺に火をつけたのは瑠璃だよ。ちゃんと責任取って」

玲人君は、悪魔のように妖艶に微笑む。

その微笑にゾクッとしたと思ったら、彼にソファの上に押し倒され、その衝撃で手に持っていたフォークとナイフが床に落ちた。

「キャッ！」と思わず声をあげる。

『責任取って』ってどうやって？

「……玲人君？」

問いかけるよう彼を見つめれば、上着に手をかけられて服を脱がされた。

これから起こることを想像して少し怖くなる。

私……彼に抱かれるの？

そんな私の不安を感じたのか、玲人君は急に悪戯っぽく笑って言った。

「大丈夫。瑠璃が期待しているようなことはまだしないから」

「期待なんてなにもしてない……‼」

声を大にして否定しようとしたら、彼に唇を塞がれて……。

その夜、彼は私の身体中にキスの印をつけた。

婚約者がいてもモテる彼

「気分が悪かったらすぐに早退して」

朝の会社のエレベーターの中で玲人君は保護者の顔で言う。

今日は月曜日。

週末は高熱で寝てばかりいたせいか、朝から身体がだるくて体力も落ちている。

「はい」

心配しすぎ……と思いながらも、小さく返事をした。

みんな少しくらい具合が悪くたって、自分の仕事はこなしてる。それくらいで、早退なんかしないよ。

「その日……少しくらい無理しても平気って思ってるよね？」

玲人君の鋭い視線にギクッとする。

長年一緒にいるせいだろうか？　私には彼の考えはまったく読めないのに、彼には私の思考がダダ漏れ。

「ぐ、具合が悪くなったらちゃんと帰るよ」

慌てて取り繕うが、信じてはもらえず……。

「怪しいな。言うこと聞かなかったら、お仕置きするよ」

フッと微笑して、私の唇にキスをする彼。

それはほんの一瞬のこと。

驚きで目を見張る私と目が合うと、彼は悪戯っぽく目を光らせた。

「だ、だ、誰かに見られたらどうするの？　カメラだってあるのに……」

「見られてもごまかす自信はあるから」

しれっとした顔で説明して、スーツの胸ポケットに入れておいたメガネをかける。

「じゃあ、今日も仕事頑張って」

エレベーターの扉が開くと、私の頭をポンと叩いて、彼は何事もなかったかのように颯爽《さっそう》と副社長室に向かっていった。

……なんか、同居してからキャラが変わったような気がする。エレベーターでキスなんて絶対にしないタイプなのに……。

なにが一体彼を変えたのか？　いや……私が知らなかっただけで、あれが素とか？

昨日の夜は身体中にキスされたんだよね。

思い出すだけで赤面してしまう。

私もエレベーターを降りて、彼の後ろ姿をボーッと眺めていたら、小鳥遊さんに声をかけられた。

「栗田さん、おはよう。玲人をじっと見て、どうしたの？」

「あっ、おはようございます。なんか最近……彼、変わったような？」

小鳥遊さんにペコッと頭を下げて挨拶を返し、唇に指を当てながらまた玲人君の姿を目で追う。

「どういう意味で？」

小鳥遊さんが突っ込んで聞いてきて、言葉に詰まった。

「そ、それはですね。愛情表現が豊かになったというか、なんというか……」

できるだけオブラートに包んで言うと、小鳥遊さんはニヤリとした。

「ああ。あいつ、夜はそんなに獣《けもの》みたいなんだ？」

彼の言葉に動揺せずにはいられない。

「小鳥遊さん！　そんなことまだしてません！」

赤面しながら小声で小鳥遊さんに怒る。

「まだ、ね。時間の問題だな。鎖骨の近くについてるよ、キスマーク」

彼はおもしろそうに目を光らせる。

その指摘に、サッと首元を隠した。

「人の揚げ足取らないでくださいよ〜！」

ああ〜、もう！　恥ずかしい！

きっと今私の顔は茹《ゆ》でダコのように真っ赤になっているに違いない。

「ごめん、ごめん。栗田さんいじるの楽しくって」

小鳥遊さんは謝ってはいるが、ケラケラ笑っている。

「私は楽しくありません」

上目遣いに睨めば、彼は苦笑いした。

「ハハッ、悪い。まあ、なんだ。あいつ栗田さんに対して、ストッパーかけるのやめたんじゃない？　そうしないと栗田さん、いろいろと勘違いして、突飛なこと言い出すしさ」

グサッと私の胸に小鳥遊さんの言葉が突き刺さる。

すごーく身に覚えがあります。玲人君には前田さんが好きなんだよねなんて言っちゃったし、小鳥遊さんにも恋人役をお願いしてしまった。

「すみません。そ、それは、玲人君の幸せを思って……」

しどろもどろになりながら弁解する。

「まあ、それは俺よりも玲人に言ってやって。昔からあいつの頭には栗田さんしかいないから」

「それはないですよ。だって……私ですよ？」

彼の言葉が信じられなくて即座に否定した。

「栗田さんだからだよ。もっと自分に自信持ったら？」

小鳥遊さんは優しく私の肩を叩く。

「自信なんて……これっぽっちもないです」

溜め息をつきながら弱音を吐く私に、彼は穏やかな声で玲人君の暴露話をした。

「高校の時、あいつがバスケ部に栗田さんを連れてきてマネージャーにしたのだって、他の男を牽制《けんせい》するためだったんだよ」

驚きで思わず声をあげる。

「え？　単に私が引きこもりがちだったから、部活に入れようと思ったのでは？」

「婚約者ってだけでそこまでしないよ。しかも、高校生だよ。あいつのは、単に独占欲だね。バスケ部の部員に『俺の婚約者ですから』なんて自分から言ってさ、すごい奴って思ったよ」

そんな話……初めて知った。

私が彼の婚約者だということは、彼に迷惑かかるから言わなかったのに、なんでみんな知ってるんだろうって不思議に思ってたんだよね。

まさかバラした犯人が玲人君だったなんて……意外すぎる。

「話聞いても……まだ信じられない。なんにもできない私を彼が好きになる理由がわからないです」

「じゃあさ、こう考えればいい。あの完全無欠の玲人が選んだのが栗田さんなんだ。自信を持っていいよ。玲人のことなら信じられるよね？」

小鳥遊さんに優しく問いかけられても、はっきり『はい』と返事はできず、曖昧に答える。

「それはそうですけど……」

「話変わるけどさあ。今日の午後、社長のとこに『八雲物産《やくもぶっさん》』の社長が来るんだ。なにか手土産にいいものない？　玲人がそういうのは、栗田さんが詳しいって言っててさ」

「八雲物産の社長……」

あっ……前、パーティで会ったことがある。福井《ふくい》出身の社長さんで、うちの祖父も福井出身だったから、いろいろと長話したのだ。

「越前《えちぜん》せんべいがいいです！　前会った時、好きだっておっしゃってました」

「おっ、それはいいね。でも、すぐに手に入るかな……」

小鳥遊さんはそう言って顎に手を当て思案している。

「今、栗田百貨店で地方の物産展をやってるんです。多分、見つかります。私が買ってきましょうか？」

そう申し出たが、彼は優しく断った。

「いや、前田さんに頼むよ。栗田さんには他にお願いしたい仕事がいっぱいあるんだ」

「私にですか？」

自分を指差して聞き返せば、小鳥遊さんはニッコリと微笑んだ。


そして、私は今、自分のデスクで黙々と招待状の宛名貼りをしている。

なんでも来月、九条ホールディングスの会社創立百周年の式典が都内の高級ホテルで行われるらしい。

宛名を見ていると、ちらほら知っている名前がある。

経産省の大臣、駐日米国大使に、日本商工会議所会頭……。

みんな政財界の大物ばかりだ。さすが、九条ホールディングス。格が違う。

午前中はずっと宛名貼り。

多分、私が病み上がりだから、玲人君が簡単な仕事をさせるように、小鳥遊さんに頼んだのだろう。

全部貼り終えて、枚数をチェックし、「招待状の宛名貼り、終わりました」と小鳥遊さんに声をかけた。

「ああ。ご苦労さん」

彼が招待状を受け取って、ニコッと笑う。

時計を見れば、時刻は十一時五十八分。玲人君の出ている会議がもうすぐ終わる。

他の秘書たちは来客準備や経理に行って出払っているし、私が会議室を片付けに行こう。

そう決めて下の階にある会議室に行くと、ちょうど、みんながぞろぞろと出てきたところだった。

最後に出てきたのは玲人君。目が合うと、彼に腕を掴まれ会議室の中へ……。

「え？　玲人……君？」

バタンとドアを閉めると、彼は私と向き合った。

わけがわからなくて彼を見上げたら、彼が身を屈めてきて……。

またキスされる?

そう思って目を閉じると、彼の額がコツンと当たる。

「熱、ないみたいだな」

その声で目を開ければ、玲人君はクスッと笑っていて、自分の勘違いに顔が熱くなった。

「キスされると思った? お望みなら……」

彼が私の顎をクイと掴んだその刹那《せつな》、バタンと扉が開いて誰かが入ってきた。

あっと声を出しそうになった私の口を手で塞いで、玲人君は近くの会議机の陰に身を隠す。

声を潜めて様子を窺えば、入ってきたのは前田さんと小鳥遊さんだった。

「最近、忙しくて全然うちに来てくれないじゃない。浮気はしてないでしょうね?」

前田さんは背伸びをして小鳥遊さんの首に腕を絡める。

「信用ないな。俺には莉子だけなのに」

小鳥遊さんはセクシーな甘い声で囁いて、彼女に口づける。

きゃあ~、人のキスシーンなんて初めて見た!

このふたりって付き合ってたんだ。

あ〜、見ちゃいけないって思うのに、どうしても目がいってしまう。

小鳥遊さんはキスを深め、前田さんの服のボタンを外していく。

ま、まさか会議室でしようって？

「ダメ〜！」

玲人君の手を外して思い切り叫ぶと、ふたりの視線が私に集まった。

「栗田さん？」

ふたりが声を揃えて言う。

前田さんは慌ててさっとボタンを直すが、小鳥遊さんは余裕の表情。

「会議室使ってるなら、使用中にしといてほしいな」

小鳥遊さんは大人の色香を漂わせながら、私にではなく玲人君に目を向ける。

「言い訳できないからって開き直らないでくれますか？」

玲人君は平然とした顔で言い返すと、スッと立ち上がって私を立たせた。

ふたりのラブシーンを見たのに、彼はまったく動じていない。

「いや、単純に先輩としてのアドバイスをと思ってな」

小鳥遊さんは悪びれた様子もなく笑い、玲人君はそんな彼を半ば呆れ顔で見る。

「いらないですよ。俺たちは失礼します」

私の手を引いて会議室を出る玲人君。

そのままスタスタ歩き出すので、立ち止まって声をかけた。

「あの……玲人君……手離して」

このまま会社の中を歩かれては、目立ってしまう。

それに……彼に謝らなきゃ。

「ああ。つい癖で」

玲人君は自分の手を見てパッと離す。

「あとね、前田さんのこと勝手に誤解しちゃってごめんなさい」

玲人君に向かって深々と頭を下げる。

前田さんが小鳥遊さんと付き合ってるのを知っても、彼は全然ショックを受けている様子はなかった。前田さんのことを好きだったらあんな反応はしない。

ひょっとして、私にふたりの仲を気づかせるためにわざと隠れたんじゃないだろうか？　彼はなにも悪くないのに、自分の思い込みで一方的に責めて……私って本当に馬鹿だ。

私に文句のひとつくらい言ってもいいはずなのに、彼はクスッと笑ってみせた。

「本当に瑠璃は想像力豊かだよね。あれは結構傷ついたな」

「……はい、すみません。深く反省しています」

もう平謝りするしかない。

またペコリと頭を下げ、玲人君の顔色を恐る恐る窺う。

「罰としてお昼奢って」

少し意地悪な顔で言うと、彼はポンと私の頭を軽く叩いて歩き出した。

「あっ、待って。どこに食べに行くの？」

慌てて玲人君を追いかけて横に並んで歩けば、行き先を決めていたのか、彼は迷わず言った。

「このビルの裏に中華粥《がゆ》のお店がある」

「中華粥かあ。胃に優しそう」

フフッと玲人君に向かって微笑むと、周囲に誰もいないのを確認してから彼の腕に抱きつく。

その店を選んだの、私が病み上がりだからだな、きっと。

そんなさりげない気遣いが嬉しい。

「財布忘れずに」

わざと厳しい顔でそんな注意をしてみせるが、実際には彼が私のランチ代も払った。

なんだかんだいっても優しいんだよね。

婚約者としてではなく、ちゃんと愛されてるって自惚《うぬぼ》れてもいいのかな？

ランチが終わって秘書室に戻った私はとってもご機嫌だった。


その日の三時過ぎ、秘書室の郵便ボックスに届いた郵便物の仕分けをしていたら、おじさまと玲人君と共に八雲物産の社長が現れた。

「やあ、瑠璃ちゃん、久しぶりだね。九条さんのところで働いていると聞いてびっくりしたよ」

八雲物産は日本でも三本の指に入る商社で、社長の八雲柊一郎《しゅういちろう》さんはおじさま同様、財界の大物。歳は六十五くらいで、すごく偉い人なんだけど、話すと気さくなおじさんだ。

「八雲のおじさまご無沙汰してます。去年の秋の天明園《てんめいえん》でのお茶会以来ですね」

「そうだな。瑠璃ちゃんの着物姿が艶《あで》やかだったなあ。うちの息子のところに嫁に来てくれないか？」

八雲社長はにっこりと頬を緩める。

すでに婚約してるんですよ……なんて言ったら自慢しているように聞こえるかな？

返答に困っていたら、玲人君がそばに来て、私の肩に手を置き、茶目っ気たっぷりに言う。

「八雲さん、彼女は僕と婚約してるんです。口説かれては困りますよ」

一瞬聞き間違いかと思った。

『婚約してる』という言葉を聞いて嬉しく感じたのは初めてだ。

しかも、玲人君が他人にそう言うなんて……。

〝誰にも瑠璃を渡さない〟って言われてるみたいでドキッとする。

「そういえば、そうだったなあ。最近忘れっぽくてすまない。玲人君が相手ではうちの息子も勝ち目はないな」

気を悪くした様子もなく、八雲社長はハハッと笑う。

それから八雲社長をお見送りして戻ると、秘書室には佐藤さんしかいなかった。

彼女がカタカタとキーボードを叩く音が部屋に響く。それが余計に私を緊張させた。

佐藤さんとはどうもうまく話せない。彼女を前にすると身体が自然と強張ってしまう。

途中になっていた郵便物の仕分けをして、専務の分を彼女に手渡した。

「佐藤さん、こちら専務宛です」

「どうも」

素っ気なく礼を言って、彼女は仕事を続ける。

目も合わせてくれない。

溜め息をつきたいのをこらえながら自席に戻ると、「お嬢様だと偉い人と知り合えてホント羨ましいわ」と彼女に嫌みを言われた。

その刺々《とげとげ》しい言葉に胸がチクッとなる。

「そんなこと……」

反論しようとしたがやめた。ますます彼女との仲が険悪になるだけだ。

気にしない。気にしちゃダメだ。

そう自分に言い聞かせ、パソコンの画面を見て、仕事に集中する。

五分ほどすると、前田さんが戻ってきてホッとしたけれど、直後に彼女からチャットが来てびっくりした。

【さっき見たこと内緒にしててくれる?】

思わず顔を上げて前田さんを見たが、彼女の目はパソコンに向けられたまま。

きっと会議室でのことだ。

前田さんはあの時かなり驚いていてなにも言わなかったもんね。

【大丈夫です。誰にも言いません】

そうメッセージを打つと、彼女から【ありがとう】と返事がすぐに来た。

それからはいつもと変わらぬ様子でいた彼女。

小鳥遊さんと付き合ってるなんて全然気がつかなかった。

でも、注意してふたりを見ていると、たまにアイコンタクトをしている時がある。

態度には出さないけれど、みんなに内緒で社内恋愛しているふたりをすごいって思った。

だってこんなに近くにいるんだよ。私なら絶対顔や態度に出て周りにバレそう。

素敵なふたりだから、結婚して幸せになってほしいな。


定時になって、小鳥遊さんにポンと肩を叩かれた。

「栗田さん、今日はもう帰っていいよ」

「あっ、はい」

机の上に広げていた書類を整理し、パソコンの電源を落とす。

午後はずっとパソコンの画面を見ていたせいか、肩が痛い。それに……やっぱり病み上がりのせいか、結構疲れてる。

自分の軟弱な身体に嫌気がさす。もっと体力をつけなきゃダメだ。

今日も玲人君とお昼が一緒じゃなかったら、あまり食べなかったかもしれない。

定時まで持ったのはあの美味しい中華粥と玲人君のおかげだ。

明日も仕事だし、晩御飯はちゃんと食べよう。

そんなことを考えていたら、松本さんに声をかけられた。

「栗田さん、途中まで一緒に帰ろう」

そういえば、今日は用事があって定時で上がるって言ってたっけ。

「はい」

慌ててバッグを手に取り、松本さんと「お先に失礼します」と挨拶して秘書室を出る。廊下を並んで歩きながら彼女が私に目を向けた。

「今日は社食で見かけなかったけど、お昼ちゃんと食べたの？」

その質問に笑顔で答える。

「はい、『三叶草《クローバー》』の中華粥と小籠包を」

「あっ、いいなあ。ひとりで行くわけないし……。さては副社長と行ったな？」

松本さんがニヤニヤして私の顔を覗き込んだ。

「たまたまです。特に約束とかしてないですよ」

惚気《のろけ》に聞こえないように、努めて平静を装った。

「あんな美形が婚約者って羨ましい。しかも御曹司で仕事もできるし」

目をキラキラさせる彼女を見て苦笑いする。

「親族の決めた婚約だったから、いろいろ悩みましたよ。政略結婚って基本的に愛がないじゃないですか？」

それはついこの間まで本気で考えていたこと。女の子なら誰だって愛されて結婚したいと夢見る。

私は婚約はしていても、愛されてはいないと勝手に決めつけていたから、相手が玲人君でも結婚なんてしたくなかった。

「まあ、普通はビジネスが絡むしねえ。だけど、栗田さんについてはその心配は無用だね」

私の言葉に相槌を打ちつつニヤリとする彼女に、小さく笑って頷いた。

「そうですね」

玲人君と両思いとわかったから、今は自分の婚約に悲観的になることはない。

「副社長、他の女の子には目もくれないし、冷たい人なのかと思いきや、栗田さんだけには甘いもんね」

ウフフと含み笑いをする松本さんの目をじっと見て訴える。

「いや、そんなことはないですよ。父よりも副社長の方が厳しいです」

「私もあんな美形にならなら厳しくされてみたいなあ」

私の発言をスルーして、うっとりとした顔で言う松本さん。

どうやら妄想の世界に入ってしまったらしい。

玲人君は怒ると父よりもずっと怖いし、口うるさいんだけどね。

「それじゃあ、担当変わります？」

真顔で言えば、松本さんは苦笑いをして断った。

「言ってみただけだから、本気にしないで。でも社内には副社長のファンがたくさんいるから気をつけた方がいいよ」

松本さんが珍しく真剣な顔でそんな忠告をしてくる。

「はい」と返事をしたものの、どう気をつけていいのかわからなかった。

人を好きになる気持ちなんて誰にも止められない。

陰口を言われても、彼が誰かに告白されても、私はじっと我慢するしかないのだ。

これまでもずっとそうだったし、他の対処法なんて見つからない。

「今度、三叶草でランチしよう。じゃあ、また明日」

「はい、ぜひ。お疲れさまです」

松本さんと受付の前で別れ、手探りでバックの中をあさる。だが、スマホが見つからない。

あっ……会社の机の上に置きっ放し。

すぐに秘書室に取りに戻るが、中に入ろうとしてサッと身を隠した。

秘書室のドアはガラス張りになっていて、部屋の様子がよく見える。

今、中にいるのは玲人君と佐藤さんだけ。

小鳥遊さんと前田さんは、ちょうど席を外しているようだ。

このふたりの中に入っていくのはなんだか気まずい。玲人君と話をしたら彼女に嫌な顔をされるし、彼を無視して佐藤さんに話しかけるのも不自然だ。

小鳥遊さんか前田さんが戻るのを待とう。

そう思っていたら、佐藤さんの切羽詰まった声が聞こえた。

「副社長が好きなんです！　栗田さんがいてもいい。付き合ってくれませんか？」

厄介な従兄

佐藤さんの告白に胸がズキンと痛む。

なんてタイミングの悪いところに来てしまったんだろう。

こういう場面には、中学や高校の時にも何度か出くわしたことがあるけれど、玲人君はいつだって無表情だった。

今も眉ひとつ動かさずに佐藤さんを見ていて、彼女の告白をどう思っているのかわからない。

玲人君がなんて答えるかすごく気になるけど、怖くてこれ以上聞いてはいられない。

心臓がバクバクする。

スマホは諦めて帰ろう。

踵を返してそっと立ち去ろうとしたら、小鳥遊さんがすぐ目の前にいた。

「なんで帰るの？　ここからがいいとこなのに。逃げずに玲人がなんて答えるか確かめなよ」

どうやら彼も佐藤さんの告白を耳にしたらしい。

「でも……盗み聞きするなんて……マナー違反です」

佐藤さんだって人に聞かれたくないはず。私だって玲人君がどう答えるかなんて知りたくない！

首を横に振って、声を潜めて答えた。

「ダーメ」

小鳥遊さんは、ガシッと私の腕を掴んで離してくれない。

「栗田さんは、玲人のことをもっと知るべきだ」

真摯な眼差しで言われ、それ以上なにも言えなくなった。

祈るような思いで秘書室内の様子をそっと覗けば、玲人君がゆっくりと口を開くところだった。

運命の瞬間だ。

「どうして俺なの？」

玲人君は佐藤さんをじっと見ている。

「どうしてって……副社長が好きだからです」

彼女は言葉に詰まりながらも、彼に自分の想いを伝える。

「気持ちは嬉しいけど、俺には彼女しかいないし、他の誰とも付き合う気はないよ」

「栗田さんはただの政略結婚の相手ですよね？　だったら……私のこと好きになってくれませんか？」

佐藤さんは玲人君の腕を掴み、必死に食い下がる。

本当に彼のことが好きなんだ。

佐藤さんは私のふたつ上の先輩だし、玲人君は大学生の頃からおじさんの仕事を手伝っていたから、ふたりは二年間一緒に働いていたわけで……。

彼をいつも近くで見ていたのなら、好きになるのは当然だ。

もし私が佐藤さんの立場だったら、ここまで思い切って玲人君に告白できただろうか？　婚約者がいるという時点で諦めているかもしれない。

恋のライバルなのに、佐藤さんをすごいと思った。

玲人君はどう答えるの？　もう聞くのが怖くて心臓が壊れそう！

「栗田さんはただの婚約者じゃない。俺にとっては唯一無二の存在なんだ。たまたま家同士で決めて婚約したけど、そのことがなかったとしても、俺は彼女を選ぶよ」

玲人君は曇りのない目で彼女に告げる。

「……そうですか」

気落ちした様子の佐藤さんは、玲人君の腕からダラリと手を離した。

「もっと自分を見てくれる人を好きになったら？」

玲人君は、穏やかな声で佐藤さんに告げる。

彼の返答を聞いて胸が熱くなった。

「愛されてるね。それに、佐藤さんが栗田さんのこと恨まないように気遣ってるし。ホント、カッコいい奴」

小鳥遊さんは私に向かって優しく微笑み、何事もなかったかのように「あ〜、腹減った」と言って秘書室に入っていく。

玲人君の言葉にジーンときた私は、しばらくその場から動けなかった。

佐藤さんには申し訳ないと思いつつも、嬉しかったんだ。

断ってくれる……とは思っていたけど、それを百パーセント確信していたわけではない。佐藤さんに『いいよ』なんて言うんじゃないかって思って気が気じゃなかった。

玲人君は『欲しいものはちゃんと自分で選んでる』と言ってくれたのにね。

私ってなんて面倒くさい女なんだろう。

身体だけじゃない。心も強くならなきゃ。

秘書室のドアが開いて誰か出てきたと思ったら、すぐそばで玲人君の声がした。

「こんなところでなにボーッと突っ立ってんの？」

彼の急な登場にあたふたし、しどろもどろになる私。

「あの……その……スマホ忘れてそれで……えーと……」

頭の中は真っ白。

玲人君が納得するような言い訳を考えるが、なにも浮かばない。

あ〜、どうしよう。

佐藤さんの告白を聞いて、びっくりしてた……なんて絶対に言えないよ〜。

どう答えようか思案していたら、彼がスーツのポケットからスマホを取り出して、私に差し出した。

「はい、これ。机の上にあった」

「……あ、ありがとう」

条件反射でお礼を言ってスマホを受け取るが、玲人君はまだなにか言いたげに私の顔を見ている。

「ひょっとしてさっきの聞いてた？　顔がちょっと強張ってる」

……鋭い。きっと嘘をついてもすぐにバレる。ちゃんと謝ろう。

「うっ、ごめんなさい」

素直に認めると、彼はなにを思ったか突然ギュッと私を抱きしめた。

え？

想定外の玲人君の行動に驚いて、彼を見上げて問いかける。

「玲人君？」

「心配することなんてなにもないよ」

私の耳元で優しく囁いて、彼はすぐに抱擁を解く。

「だ、誰かに見られちゃうよ」

周囲を気にしてひやひやしながら言えば、玲人君は何食わぬ顔で返した。

「今朝も言ったよね？　ごまかす自信はある。一応、品行方正な副社長で通ってるからね」

ポーカーフェイスで大胆なことをやっちゃうから、こっちはドキドキしてしまう。

きっと彼は私の気持ちを読んで抱きしめてくれたのだ。

私の不安を取り除くために——。

玲人君はチラリと腕時計に目をやる。

「会食に行くまでまだ時間があるから、受付まで送ってく」

多分、私がボーッとしているから心配なのだろう。

「いいよ。ちゃんとタクシー乗って帰るから」

そう言って断るが、玲人君はフッと笑い、私の手を引いてエレベーターに乗り込む。

中には誰もいなかった。

「今の様子だと、どこかで転びそうだけど」

「そんな子供じゃないよ」

少しムッとして言い返したら、彼はサラッとこちらが恥ずかしくなるような発言をした。

「子供だと思ってたらキスなんてしないよ」

「ちょっ……突然、なに言い出すの！」

エレベーターの中には私たちしかいないとはいえ、会社でそんなことを言われたらドキッとしてしまう。

狼狽えながら文句を言えば、玲人君は心地よい声でハハッと笑った。

「動揺しすぎ。このウブな反応もいいけど、そろそろ慣れてほしいな」

年は一緒なのに、彼は私と違って大人だ。

「無茶ぶりしないでよ〜！」

顔を真っ赤にして彼の胸をとんと叩くと、彼は私を胸に抱き寄せ甘い声で囁いた。

「昨日は途中でやめたけど、そのうち瑠璃をいただくから、覚悟しておいて」

彼のセリフに心臓が止まる。
エレベーターが受付のある六階に着くと、彼は私を離した。
「今日も遅くなりそうだから先に寝てていいよ」
そう言葉をかけられたが、私は動揺しまくりで「あっ……うん」としか言えなかった。
エレベーターの乗り換えのために私だけ降りて、後ろを振り返ると、彼と目が合った。
優しく微笑む、その琥珀色の瞳。
きっと私がこんなに気が動転しているなんてお見通しに違いない。
彼が小さく頷いて、エレベーターの扉が閉まる。
「今の宣言はなに？」
自問自答しながら胸に手を当て、壁にもたれかかった。
玲人君の落とした爆弾に頭は大混乱。
『瑠璃をいただく』って……私を抱くって意味だよね？
若い男女がひとつ屋根の下に住んでいれば、いつそうなってもおかしくない。
私の友人はほとんどが大学生の時に経験済み。

昨日、身体を重ねる手前までいったとはいえ、いざとなると尻込みしてしまう。

よくよく考えてみたら、ここ一週間ほど、肌のお手入れもサボっていたから肌はカサカサ。こんな身体に触れられたかと思うと恥ずかしい。今日はお風呂に入ったらボディクリームを塗ってケアしなきゃ。

下着はどんなのがいいんだろう？　今持ってるのはピンクとかラベンダー色の甘いテイストの下着だ。でも、男の人はもっとセクシーなのを好みそうじゃない？

熱を出して玲人君に着替えさせてもらった時も、私の部屋着を脱がしてキスしてきた時も、彼からは下着についてなんのコメントもなかった。

それって、好みの下着じゃなかったからじゃあ？

ダメだ。経験のない私がいくら考えたって答えが出るわけがない。ここは恋人のいる友達に聞こう。

エレベーターの前で大学時代の親友にラインのメッセージを送れば、すぐに返事が来た。

【こんなのどう？　男の人は喜ぶと思うよ】

添付されていた写真を見て唖然。

それは、黒のレースの上下でスケスケの下着だった。

「こんなのどこも隠せてないじゃない～！」

過激すぎるよ。布の面積も少ないし。

赤面しながら小声でそんな感想を口にすれば、不意に上から男性の声がした。

「お～、セクシーだなあ。脱がせ甲斐《がい》がある」

え？

聞き覚えのある声にビクッとなる。

この声、まさか……。

恐る恐る顔を上げれば、ライトブラウンの短髪に三つ揃いのダークグレーのスーツを着た男性が私のスマホを覗き込んでいて……。

拓海《たくみ》さん？

「きゃあ！」

思わず声をあげ、スマホを隠した。

よりによってこの画像をこの人に見られるなんて最悪だ。

拓海さん……栗田拓海は、私の父方の従兄《いとこ》。年は三十一歳で、栗田百貨店の専務をしている。将来は社長になる予定だ。

私はひとりっ子だし、九条家への嫁入りがほぼ決まっているので、拓海さんが父の跡を継ぐ予定なのだけど、これが結構厄介な人で、社長である父もすごく手を焼いている。専務というのは名ばかりで、遊び呆《ほう》けているらしい。

耳にピアスをいくつもしてる役員なんて、普通の日本企業じゃあまり見ないもん。見た目もホストみたいでチャラいんだよね。

拓海さんの両親はもう他界しているけど、大学生の弟がひとりいる。兄を反面教師にしたのかすごく出来のいい子で、栗田百貨店の将来を考えるなら弟を後継者に選んだ方がいいんじゃないかって思う。

それでも、父が拓海さんを見捨てないのは、ある約束があるから。拓海さんたちの父親は父の弟で、まあ私の叔父《おじ》ということになるのだけど、膵臓《すいぞう》がんで亡くなっている。その叔父さんが生前父に『息子たちのことをよろしく』と頼んだそうだ。

彼らの母親もその後交通事故で亡くなって、今では私の父が親代わりで、経済的な援助もしている。

ご両親ともに他界していることはかわいそうに思うけど、自分勝手だし、傲慢だし、それに図々しくて、私は苦手だ。しかも、小さい頃から私にやたらと絡んでくる。

「よお、瑠璃、久しぶりだな」

拓海さんが馴れ馴れしく私の肩に触れてくる。

「……あの、なにしに来たんですか？」

警戒しながら尋ねると、彼は海外ブランドのロゴが入った紙袋を差し出した。

「お前が九条で働いてるって聞いたから、様子を見に来てやったんだよ。これはイギリス土産だ。イギリス限定の香水と口紅だぞ」

様子を見に来たって……学校の参観日じゃないんだから。

「はあ、どうもありがとうございます」

とりあえず礼を言って、紙袋を受け取る。

たまにブランド物の化粧品をもらうが、私の趣味には合わなくて、友人にあげたりしている。きっと今回も自分で使うことはないだろう。

「イギリスにはあと二年いる予定じゃありませんでした？」

あまりに素行が悪くて、父に『イギリスで五年勉強してこい』と命令されていたはずなんだけど、いつ戻ってきたの？

「ふん、そんなの知るか。三年もいたんだ。充分だろ」

拓海さんは、吐き捨てるように呟く。

つまり、父の命令に背《そむ》いて帰国したってこと？

なんて勝手な人なんだろう。

私でも呆れてしまう。

「それにしても、お前、もう社会人だっていうのに、まだ高校生に見えるよな。真っ赤な口紅塗るだけでも印象が違うぞ。俺が塗ってやろうか？」

拓海さんは突然私の顎をクイと掴み、まじまじと顔を見つめてきた。

真っ赤なルージュは、私には色がキツくて好みではないから、普段は顔色を明るく見せてくれるピンクベージュを愛用している。それに、彼に触られるなんて嫌だ。

「い、いいえ、もう家に帰るので結構です」

怯《おび》えながら答えれば、彼は私の目を見てうっすらと笑みを浮かべる。

「それはちょうどいい」

「え？　なにがですか？」

ビクビクしながら聞くと、拓海さんはニヤリとした。

「どうせ今帰るんだろ？　俺に付き合えよ。しばらく見ないうちにかわいくなったじゃねえか」

その妖しげな目に悪寒がした。

なんか不気味な感じがして怖い。

でも、相手は従兄。彼の手を振り払って警備の人を呼ぶわけにはいかない。

ああ～、どうすればいいの？

「ほら、行くぞ」

私が戸惑っている間に拓海さんにずるずると引きずられ、エレベーターで一階に下りる。

「乗れよ」

ビルの外に出ると彼はタクシーを捕まえ、私の背中をトンと押した。

「いえ、今日はご一緒できません。ちゃんと帰らないと、怒られるので……」

身体が本調子ではないし、私が帰宅してなかったら、玲人君が心配する。

両手を左右に振って断っているのに、彼は笑いながらタクシーの中に私を押し込む。

「なに言ってんだ。もうお前大人だろ？　誰が怒るんだよ」

「え？　ちょっと、待ってください。本当に困ります」

なんとか断ろうとしたけど、「少し付き合ってもらうだけだ」と強引にタクシーに乗せられた。

一体どこへ連れていかれるのか？　不安で仕方がない。

だが、彼がタクシー運転手に告げたのは、私もよく知っている銀座の高級ホテルの名前だった。

「九条じゃなくてうちで働けよ？　俺の秘書になったら、世界中どこでも行けるぞ。もちろん、飛行機はファーストクラスで」

拓海さんはフッと笑うが、「はあ」と相槌を打つだけで精一杯。

あ～、私の馬鹿。こんなことなら、スマホで友達にラインなんかしてないで、すぐに家に帰ればよかった。

明日も仕事なのに、いつ解放してもらえるんだろう。

玲人君に連絡したいけど、彼はまだ仕事がある。迷惑をかけるわけにはいかない。

自分でなんとかしなくちゃ。

ホテルに着くと、四十二階にあるフレンチの名店に連れていかれた。

まさか……とは思ったけど、嫌な予感が当たってしまった。

実は、玲人君も今日ここで取引先と会食があるのだ。

個室に案内されて席に着いてからも落ち着かない。

あ～、玲人君に会ったら絶対、『病み上がりなのになにしてんの？』って怒られるよ。

どうしよう～！　もうマズイ予感しかしない。

来たばっかりだけど、帰りたいよ～。

「適当に頼んでいいか？」

向かい側の席にいる拓海さんは、椅子にふんぞり返ってメニューを見ていた。

「……お任せします」

なにも頼む気にはなれなくて、そう答える。

だが、自分の要望を伝えなかったことをすぐに深く後悔した。

最初にシャンパンで乾杯し、前菜の次は赤ワインが出された。

続いて、牛フィレ肉の煮込みが運ばれてきたけれど、もう見るだけでお腹いっぱい。

だが、なにか口にしなければ間がもたない。

仕方なく出された食事に手をつける。

お酒も許容量を超え、酔ったのか身体がカーッと熱くなってきた。

「お前、ほとんど食べてないじゃないか？」

皿をつついて食べるフリをしていたのだが、拓海さんにバレてギクッとする。

「そ、そんなことないですよ。ちゃんと食べてます」

ハハッと笑ってごまかし、いつもの二倍速で料理を口に運んだ。

食べればいいんですよね。食べれば。

こうなれば自棄だ。早く食べ終えれば、それだけ早く帰れる。

頑張れ、瑠璃。

彼の話に適当に相槌を打ちつつ、無理矢理胃の中に入れる。

もうこの時間は拷問だった。

「女の子ってデザート好きだろ？　なにがいい？」

確かに好きだが、今日は気分が優れずデザートを堪能する気分じゃない。

「いえ……もうお腹いっぱいで……」

お腹を押さえて断るが、「そんな遠慮しなくていい」と、拓海さんは勝手にデザートを頼む。

ワインも飲んだせいだろうか？　だんだん気分が悪くなってきた。

ホント、早くうちに帰りたい。

クレームブリュレがテーブルの目の前に置かれた時、その匂いで一気に気持ち悪くなり、吐き気がしてきた。

マズイ……、吐きそう。

ナプキンで口を押さえて席を立ち、トイレを探しに個室を出る。

「おい、大丈夫か？」

後ろから拓海さんの声がしたが、返事なんてできない。

このままだと吐いちゃう！　トイレどこ？
人に聞きたくても、近くに店員が見当たらない。
視界が霞《かす》む。
もう……ダメ。
立っているのも限界でくずおれれば、誰かが私を抱き上げた。

「瑠璃？」

玲人君のひどく驚いた声がすぐそばでして、彼が私を抱き上げてくれたんだってわかった。

でも、気持ちが悪くて返事ができる状況ではなく、ナプキンで口を押さえたままその胸に寄りかかる。

気持ち悪い。助けて！

口に出しては言えず、心の中で訴える。

すると、玲人君はすぐに察してくれて、通りかかった店員に声をかけた。

「すみません。トイレはどこですか？」

店員にレストラン内にある個室トイレに案内され、玲人君はトイレの前で私を下ろす。

彼がドアを開けて、中に入ると一気に戻してしまった。

醜態を晒してる……なんてことも考えられず、激しく咳き込むと、彼が黙って背中をさする。

するとだいぶ落ち着いてきて、少し気分が楽になった。

「もう吐き気、治まった？」

玲人君が私の顔を覗き込みながら聞いてくる。

「多分……」

やっとのことでそれだけ口にした。

吐いたせいかグッタリして、立っているのもつらい。早くどこかで横になりたい。

壁に手をつきながら息を整える。

そんな私の身体を支え、彼はトイレの横の洗面台に連れていった。

「ほら、口ゆすいで、手洗って」

玲人君はまるで子供を相手にするように言って私の世話をする。

私が手にしていたナプキンで私の口を拭うと、彼はスマホを取り出してどこかに電話をかけた。

「小鳥遊さん、すみません。瑠璃の具合が悪いので、俺の代わりに会食に出てください。それと……」

小鳥遊さんとしゃべっているようだが、頭が朦朧として全部聞き取れない。

でも、玲人君が会社にいる小鳥遊さんを呼び出して、代役を頼んだのはわかる。

『私は大丈夫だから、会食に出て』と言いたいが、つらくて声にならない。

通話を終えると、玲人君は私をまた抱き上げた。

抵抗する力なんてなくて、そのまま彼の胸に身を預ける。

そうしていると、身体が少し楽だった。彼がいればもう大丈夫だって安心したからかもしれない。

薄暗い通路を進んで玲人君が店の出入り口の方へ向かえば、拓海さんが現れ、「こいつ、大丈夫か?」と玲人君に声をかけた。

拓海さんには心配をかけちゃったし、なにか言わなきゃ……。

「拓海さん、すみませ……」

謝罪しようとする私の声を玲人君は遮った。

「病み上がりだったので、気分が悪くなったようです。彼女は僕の大事な婚約者なんで、勝手に連れ出さないでもらえますか? まあ、許可を求められても断りますけど」

氷のように冷たく、刺々しい声で玲人君は忠告する。

その表情はすごく険しく、周りの空気もピリピリしていて……。

お酒で頭がボーッとしていたが、それで一気に目が覚めた。

そういえば、このふたり仲悪かったっけ。

玲人君は昔から、なににつけてもだらしがなく素行が悪い拓海さんを軽蔑していて、拓海さんはそんな玲人君を生意気だと疎ましく思っているようだった。

玲人君が拓海さんを忌《い》み嫌っているのには、他にも理由がある。

私が十八の時、拓海さんはあるパーティで泥酔し、私にお酒を強要してきたのだ。私が『未成年だから』と断ったら声を荒らげて絡んできた。

その時近くにいた玲人君がすぐに気づいてくれて、彼を外に連れ出したから大騒ぎにはならなかったけど……。

拓海さんは、敵意剥き出しの玲人君に怯まず楽しげに笑う。

「婚約者だからって束縛しすぎじゃないのか？　俺は瑠璃の従兄だぞ。それに、決めるのはこいつだろう？」

「あなたみたいな肉食獣が相手の場合は別ですよ」

玲人君の挑発に拓海さんは片眉を上げた。

「なんだと？」

「彼女をあなたの遊び相手にするのは許さない。次また同じことをしたら、社会的に抹殺するんで覚悟しておいてください」

玲人君は不敵な笑みを浮かべながら警告する。

「社会的に抹殺か。九条の御曹司はまだ若いのに怖いねえ。瑠璃、今日は悪かった。またな」

拓海さんは玲人君の言葉に苦笑いすると、軽く手を挙げてこの場を去っていく。

チッと玲人君が舌打ちしたように聞こえたけど、聞き間違いかも。

彼はそんなことしないしな……と考えていたら、小鳥遊さんが血相を変えて現れた。

「瑠璃ちゃん、大丈夫か？　そもそもなんでここに？」

「だ……大丈夫です。ちょっと従兄に連れてこられて……」

あまり心配をかけたくなくて、それだけ伝える。

「従兄？」

小鳥遊さんが怪訝そうな顔をすると、玲人君が忌々しげに補足説明した。

「栗田百貨店の専務の栗田拓海ですよ」

「ああ。あいつか。従兄だから知ってると思うけど、あれは女遊びも派手だって噂《うわさ》だし、近づかない方がいいよ」

小鳥遊さんも拓海さんが嫌いなのか、顔をしかめる。

温厚な彼がこういう反応するんだもん。きっと拓海さん、なにかやらかしたんだろうな。

「はい。気をつけます。玲人君、ごめん。私、ひとりで帰るから下ろして」

玲人君にお願いするが、彼は下ろしてくれなかった。

「ダメだ。大丈夫なわけないだろ？　そんな青い顔して」

玲人君は怖い顔で怒る。

だが、甘えるわけにはいかない。

「でも……玲人君は会食が」

彼の仕事が気になってそう言うと、小鳥遊さんが私を安心させるようにニコッと笑った。

「それは俺が対応するから心配ないよ。玲人、これ部屋の鍵」

小鳥遊さんが、ホテルのカードキーらしきものを玲人君に手渡す。

「ありがとうございます。あと、よろしくお願いします」

玲人君は小鳥遊さんの目を見て会食のことを頼んだ。

「明日の朝は社内の打ち合わせだけだし、フレックスでもいい」

小鳥遊さんは、気遣うようにポンと玲人君の肩を叩く。

「小鳥遊さん……迷惑かけてすみません」

すごく申し訳なくて謝ったが、彼は悪戯っぽく笑った。

「腹減ってたし、ちょうどよかったよ。ゆっくり休んで」

「はい」

優しすぎる上司の言葉に、目が涙で潤んだ。


それから、玲人君に抱き上げられたままホテルの部屋に運ばれた。

そのままベッドに連れていかれそうになって、彼のスーツの袖を強く掴んで止める。

「私……シャワー浴びたい。下ろして」

「お酒飲んだんだよね？　どのくらい飲んだの？」

玲人君は部屋を入ったところで私を下ろすと、少し怖い顔で見つめてくる。

その目は飲酒したかどうかじゃなく、飲酒の量を聞いていた。

匂いでお酒を飲んだのはわかるのだろう。

彼の追及に、言うのをためらった。

きっと怒られるだろうな。先日もしゃぶしゃぶ店で寝ちゃったし……。

「シャンパンとワインが……二杯か三杯」

嘘をついても彼にはバレる。

正直に言えば、彼は数秒沈黙した。

長年の経験から言うと、これは多分怒りを抑えているのだ。

ハーッと深い溜め息をつくと、彼は沈黙を破った。

「馬鹿なの？　あの男が危険なのはよく知ってるだろ？　それなのにホイホイついていって……俺がタイミングよく現れなかったら、こうやってホテルの部屋に連れ込まれてた」

私を睨みつけ、玲人君は強い口調で説教する。

「……ごめんなさい」

しゅんとなって謝ると、彼は少し表情を和らげた。

「まあ、どうせあいつに強引に押し切られたんだろうけど」

「はい、おっしゃる通りです。すみません」

反省して項垂《うなだ》れれば、突然玲人君が私の身体を包み込むように抱きしめてきた。

「ホントにわかってる？　これ以上、俺をひやひやさせないでよ」

コツンと私の額に自分の額を当てる彼。

「……うん、ごめん。仕事の邪魔しちゃって」

心から反省して謝ったが、私はどうやら彼がなにに怒っているのか誤解していたらしい。

「全然、わかってない。仕事なんていくらでも代役は立てられるけど、瑠璃の代わりはいない」

彼は真剣な眼差しで私に訴える。

「玲人……く……ん」

もっとお説教されるかと思ったけど、彼は珍しく自分の感情を私にぶつけてきた。

私が必要だって言ってくれてるみたいで胸がキュンとなる。

「瑠璃しかいないんだ」

こちらが切なくなるような声で告げると、彼はギュッと腕に力を込めて私を抱きしめた。

「私も……玲人君しかいないよ」

彼を安心させるためにそう言うと、彼は「わかってる」と言って小さく笑った。

その顔を見てホッとしたら、玲人君が私が着ていたワンピースのジッパーをズーッと一気に下げた。ストンと足元にワンピースが落ちる。

「え？　なにしてるの？」

胸元を隠して聞けば、彼はクールな顔で今度は私のブラのホックに手をかける。

「わからない？　脱がしてる」

プチンとホックが外れる音がして、私は慌ててブラが落ちないように押さえた。

私が知りたいのはなんで私の服を脱がしているのかなんですけど……。

「自分で脱げるし……シャワーも私ひとりで大丈夫だよ」

激しく狼狽えながら主張しているのに、彼は私から離れてくれない。

「お酒飲んだし、バスルームで倒れられても困るから」

「いや……倒れないよ」

否定したが、彼は意地悪な笑みを浮かべた。

「どの口が言うかな？　説得力ないよ」

どうやらまた私は彼の地雷を踏んでしまったらしい。

「さっさとシャワー浴びるよ」

どこか楽しげに告げ、私を肩に担ぎ上げてバスルームに向かう。

明るいところで裸を見られるなんて冗談じゃない。

「落ち着いて、玲人君。私……もう酔いは醒めたし、吐いて気分もだいぶよくなったから」

必死に声をかけるが、彼は止まらない。

「ダメだよ。瑠璃にはお仕置きしないとね」

「恥ずかしいからいいよ！」

ドンドンと彼の背中を叩いても、笑うだけ。

「恥ずかしいからお仕置きなんだよ」

玲人君の説明に私は青ざめた。

最近わかったことがある。

彼は怒ると、Sスイッチが入って悪魔になる。


次の日の朝、ホテルのベッドで目覚めると、玲人君に背後からしっかりと抱きしめられて横になっていた。

お互いバスローブ姿。

それを見て、昨夜玲人君とシャワーを浴びたことを思い出し、赤面する。

きゃあ〜、もう穴があったら入りたい〜！

昨日、彼に全身を洗われたんだよね。肌のカサカサを気にする余裕もなかった。

私も玲人君の裸を見ちゃって……ああ〜、ダメダメ。

思い出すな。刺激が強すぎて、今は彼を直視できない。

玲人君と平日の夜にホテルに泊まって、こうして一緒のベッドに寝ていると、悪いことをしている気分になる。

でも、恋人同士ならこういうこと珍しくないんだろうな。

私たち……もう恋人同士だよね？

〝婚約者〟という言葉にはまったく憧れないけど、〝恋人〟という言葉には昔から憧れたし、玲人君が恋人だったらなってずっと思ってた。

くるりと向きを変えて、まだ眠っている彼と向かい合う。

彫りの深いその端整な顔立ち。眠れる王子って感じでカッコいい。

よく見ると、うっすら無精髭が生えていた。

今までじっくりと寝顔なんて見なかったけど……。

お父さんならむさ苦しいって思うのに、彼だと違う。

なんか……セクシーすぎる。

同じ男なのになんでこんなに違うんだろう。

好きだからそう思うのかな。

彼が起きる気配はない。

だったら……私がキスしても気づかないよね？

昨日、あれだけお仕置きされたのだ。悪戯に彼の唇を奪ってもいいじゃない。

私の頭の中の悪魔が囁いた。

ドキドキしながら顔を近づけて、そっと羽根のようなキスをする。

えへへ、大成功!

彼から離れようとしたら、パチッと目を開けた彼と目が合い、背中に腕を回され抱きしめられた。

「あっ」

間抜けな声をあげれば、彼がニヤリ。

「瑠璃の方から誘ってくれるなんて嬉しいな」

「べ、別に誘ってなんか……。これはつい出来心……!?」

言い訳しようとしたら、彼の唇で口を塞がれ……。

朝から彼のとろけるような甘いキスに翻弄《ほんろう》された。

幸せな時間

「わー、海がエメラルドブルーだよ！」

飛行機の窓から海を眺め、私は歓声をあげた。

隣のシートにいる玲人君が私に身体を寄せ、頬を緩める。

「珊瑚礁《さんごしょう》が綺麗だな。南国に来たって感じがする」

東京から直行便で約三時間。

私と玲人君は沖縄《おきなわ》の宮古島《みやこじま》にやってきた。

今はゴールデンウィークで会社はお休み。

拓海さんに連れ出されたあの夜、ホテルに玲人君と泊まったけど、結局まだ彼には抱かれていない。

その次の朝も『ついに一線を越える？』なんてドキドキしたのに、会社の始業時間が迫っていたせいか、『瑠璃を抱く時は、じっくり味わいたいから』と彼が余裕の表情で言ってお預けになった。

いつ彼に抱かれるんだろう？

期待と不安。

毎日ハラハラしながらその瞬間を待っていたが、玲人君はそんな私の様子を楽しむかのように『おやすみ』と紳士的にチュッとキスして私より先に眠る。

シャワーだって一緒に浴びて、お互い生まれたままの姿を見せ合っているのに、彼はキスから先には進もうとしないのだ。

これって生殺し状態じゃない？

私が期待しているのは知っているはずなのに、ずっとお預けにするんだもん。

結構彼は意地悪なんだよね。

悶々としているうちにゴールデンウィークに入り、一日も仕事を休まず頑張ったご褒美に、彼が宮古島に連れてきてくれた。

双方の家族と一緒に温泉や別荘に行くことは何度かあったけど、彼とふたりで旅行するなんて初めて。

この旅行を玲人君に知らされたのは三日前で、もうその日からワクワクしていた。

きっとこの旅行で彼は私を抱くつもりなんだ。だったら、大胆な水着で彼を悩殺しちゃえ！

そう画策して、慌ててうちの百貨店に水着を買いに行った。

昨日スーツケースに荷物を詰め込む時も、いろいろ悩んだんだよね。
下着はセクシー系？　それとも清楚系？とか。露出の多いショートパンツやノース
リーブのリゾートワンピを着たら喜ぶかな？なんて考えたり……。
いや、そもそもあの玲人君が私の色気にメロメロになるとは思えない。
それに、私に色気が出せるはずがないから、きっと『冷房で身体が冷えるよ』なん
て注意されるのが落ちだ。
で、結局、散々悩んだ末、勢いで買った水着以外は、普段通りにすることにした。
万が一に備えて冷却シートや体温計を持っていこうとしたら、『向こうでも熱で寝
込むつもり？』と彼に笑われたけど。
空港に到着してスーツケースを受け取り、外に出ると太陽が眩《まぶ》しいくらいキラキラ
輝いていた。
時刻は午後三時過ぎ。
よくよく考えると、南国のリゾートに来たのは初めてだ。身体が弱かったこともあっ
て、家族で旅行するのは東京から近い避暑地か温泉だったんだよね。
空港からタクシーでホテルに向かえば、断崖の縁にまるで要塞《ようさい》のような巨大な壁が
見えてきた。

「あそこが今日泊まるホテルだよ」

大きな門を抜けてタクシーはホテルの正面玄関前に停車する。

敷地が広大だからなのか、カートが何台も置かれていた。

タクシーを降りると、建物の周囲にラグーンがあるのに気づいた。カラフルな熱帯魚や海亀が優雅に泳いでいる。水族館好きの私にはたまらない光景だ。

「うわぁ、ホテルの敷地内なのに、海亀がいるよ！」

興奮して玲人君の腕を引っ張って、ラグーンに近づく。

「朝、餌《えさ》やりできるみたいだよ」

亀を見ながら彼はそんな情報を口にした。多分、事前にホテルのホームページを見て、私が喜びそうなイベントを調べておいたのだろう。

「ホント？　明日、絶対早起きする！」

ギュッと拳《こぶし》を握り、とびきりの笑顔で宣言した。

「あまりはしゃぎすぎて熱出さないでね」

玲人君の注意にハハッと苦笑いする。

確かに……。高校生の時、双方の家族で温泉旅行に行ったことがあるのだけど、私は浮かれてしまって高熱を出して温泉に入れなかったんだよね。

だって、子供の頃はあまり旅行もできなかったから。

「じゃあ……ほどほどにはしゃぐ」

上目遣いに言えば、玲人君はフッと笑った。

「一週間滞在するし、海亀も魚も逃げないから、明日寝坊しても大丈夫だよ」

「うん、そうだね」

明るく返事をしてホテルの中に入り、チェックインの手続きをした。

ベルパーソンのお姉さんの案内で、オーシャンビューのスイートルームへ。

中に入ると、室内は爽やかなラベンダーの香りがした。

百三十平米と広くて、開放的な空間。テラスに出るとプライベートプールとジャグジーがあって、その向こうには〝宮古ブルー〟と呼ばれる美しい海が広がっている。

プールはアクアマリンの宝石のように水が透き通っているし、海は目に眩しいほどキラキラ輝いていて、青のコントラストがとても綺麗だ。

泳ぎはあまり得意じゃないけど、見ているだけでテンションが上がる。

窓際に立って、玲人君と海の景色を眺めていたら、彼が私に目を向けた。

「今日の夜は、花火が上がるらしい。この部屋からも見えるみたいだよ」

花火と聞いて喜ばない人はいないと思う。それに私は子供の頃、花火は見に行くのもするのも親に禁止されていた。花火の煙が喘息の発作を誘発するからだ。

亀の餌やりの他にも楽しみが増えて嬉しくなる。

「花火？　すごいね。夏じゃないのに」

「夕食までは時間あるし、このプールで泳いでみる？」

「いいね」

ニッコリ頷きながら、あっと思い出す。

お母さんにお土産はなにがいいか聞かなきゃ。

仕事が忙しかったから、母とゆっくり話す時間がなかったのだ。

スマホを取り出して母に電話するが、何回コールが鳴っても応答がない。

「あれ？　なんで出ないんだろう？」

スマホを見ながら首を傾げる。

「どうしたの？」

玲人君が私に目を向けた。

「お母さんに電話したんだけど、繋がらなくて」

そういえばここ数日、母と連絡を取っていない。いつも『今日は美味しいカフェを見つけた』とか、くだらないことで電話をかけてくるのに……。

少し首を傾げれば、彼は私を安心させるように穏やかな目で微笑んだ。

「ゴールデンウィークだし、どこかに遊びに行っててすぐに出られないんじゃないかな」

確かに、その可能性は高い。もう娘は嫁に行ったものと思ってるだろうし、夫婦水入らずで楽しんでいるのかもしれない。

「うん。そうかもね。突然思い立って香港《ホンコン》にディナー食べに行ってたりして」

フフッと微笑み返せば、彼が悪戯っぽく目を光らせる。

「おばさんにお土産聞いて、もし〝孫〟って言われたらどうする？」

玲人君の質問に唖然となった。

「け、け、結婚もまだなのに、そんなこと言われても困るよ」

つっかえながらもそう答えたら、玲人君は謎めいた笑みを浮かべた。

「それは遠回しに俺に早く結婚してって言ってる？」

「そんな催促してません！」

ぴしゃりと言い放つと、スーツケースから水着を取り出し、バスルームに逃げ込んだ。そしてドアにもたれかかり、フーッと息を吐く。

「もう、いつだって私をからかうんだから」

私が『すぐにでも結婚したい』って言ったらどうするつもりなのよ。

あれは、本気にしちゃいけない。

バチンと頬を叩いて、気持ちを切り替える。

洗面台に目を向ければ、淡いピンクのボトルが目に入った。

このボディローション、私がいつも使ってるブランドの新商品だ。雑誌で見て気になってたんだよね。

さすが高級ホテルとあってアメニティグッズは有名ブランド品ばかり。九条系列ではないけど、スタッフの接客も洗練されているし、部屋も素敵でいいホテルかも。

ボディローションのミニボトルを手に取り、蓋《ふた》を開ける。すると、ふわっと甘いジャスミンの香りが漂った。

「いい香り」

蓋を閉めてもとに戻す。

「後で使うの楽しみ」

ルンルン気分で、着ていた服を脱いで水着に着替えた。

鏡を見ながら全身をチェックする。

今回、思い切って買ったのは、ショッキングピンクの三角ビキニ。ホルター紐《ひも》は首の後ろで結ぶタイプで、デザインがシンプルなだけに、着る人の体型が目立つ。

最近、仕事で疲れて夜に間食をしないせいか、お腹は出ていないし、この水着を着てもおかしくないと思う。

髪をゴムでサッとアップにまとめ、パーカーを羽織ってジッパーを閉めると、少しドキドキしながらバスルームを出た。

彼がこのビキニを見たらどういう反応をするだろう?

私の気配を感じたのか、荷物の整理をしていた玲人君が振り返る。

「へえ、髪をまとめてるの久々に見た。そっちも似合う」

「そお? じゃあ、会社でもたまにはアップにしようかな?」

嬉しくて髪に触れながら微笑めば、彼が水着を手にこちらにやってきて、私の耳元で囁いた。

「うなじにキスマークはつけられなくなるけどね」

彼のセリフにボッと火がついたように顔が熱くなる。

言った本人は、フッと微笑してバスルームに消えた。

「あ～、不意にあんなこと言うんだもん。心臓持たないよ」

火照った頬を押さえながらテラスに出て、プールの水にちょっと手をつけた。

「温かい」

五月だけど、さすが南国。

まず軽く準備体操をして身体をほぐす。

パーカーを脱ぎ、プールに入ろうとしたら、膝丈のフィットネス水着に着替えた玲人君に止められた。

「ちょっと待った。いくらホテルのプールだからって、日焼け止め塗らなかったら日焼けする」

「あっ、日焼け止めね」

普段海とは無縁の生活をしていたから、失念してました。

テヘッと舌を出せば、玲人君は腕を組んで、ビキニ姿の私を値踏みするようにじっと見る。

まじまじと見られるとすっごく恥ずかしくて照れるんですけど……。

私、なにかおかしい？

「それ着て泳ぐのはここだけにしてね」

淡々とした口調で言う彼。

「あっ、やっぱり似合ってない？」

玲人君には不評だったか。もっと地味なワンピースの水着にすればよかったな。

がっかりして肩を落とせば、彼は私の頬に触れた。

「似合ってるよ。でも、他の男には見せたくないから」

その言葉にキョトンとしていると、玲人君は私を熱い目で見つめてくる。

「俺って結構独占欲強いんだよ」

自嘲するような響きを宿した彼の告白にドキッとした。

とてもそんなタイプには見えない。

「嘘……」

思考がそのまま言葉になった。

「本当」

ニコッと微笑むと、彼はカプッと私の鼻を軽く噛む。

「キャッ！」と驚きの声をあげて鼻を押さえれば、彼は悪戯が成功したからか楽しそうに笑った。

「もう！　玲人君、からかいすぎ！」

少し怒って彼の胸をトンと叩く。

「悪い。瑠璃って隙だらけだから、つい。ほら、これ日焼け止め。しっかり塗って」

玲人君はククッと笑いながら私に日焼け止めのボトルを手渡した。

プールサイドにあるビーチチェアに座り、手や足に日焼け止めを塗っていく。

でも、背中には手が届かなくて、「あれ？　あれ？」とバタついていたら、彼に笑われた。

「ひとりで塗るのは無理だよ。貸して」

彼に言われるままボトルを渡す。

「そこに横になって、瑠璃」

「うん」

玲人君の指示通り、ビーチチェアに寝そべった。

すると、彼がビキニトップの紐をスルスルと解いてハッとする。

「ちょっ、玲人君！」

咎めるように語気を強めると、彼は平然と言い放った。

「こうしないとちゃんと塗れない。ただでさえ瑠璃は色が白いんだ。適当に塗ったらすぐにシミができる」

「でも……こんなの落ち着かないよ」

泣き言を言えば、彼は楽しげに笑った。

「大丈夫。ここにいるには俺たちだけだから」

そう言って彼は私の背中に日焼け止めを塗っていく。

その手が冷んやりしていて、身体が思わずビクッとした。

わ～、きゃ～！

心の中で悲鳴をあげたら、玲人君がクスッと笑った。

「瑠璃、身体がカッチカチだよ。なに緊張してんの？」

「だって、人に塗ってもらうのなんて慣れてないよ」

しかもそれが玲人君なんだもん。

「じゃあ、今から慣れるんだね。ここにいる間は毎日塗ることになるよ」

え？　毎日～!?

動揺せずにはいられない。

こんな明るい場所で彼に肌を晒すの～！

「……絶対に慣れない」

顔を強張らせながら弱音を吐くと、玲人君が「なに、その変な自信」と呟いて、突然指で私の背骨をスーッとなぞった。

身体がゾクゾクして「ギャッ！」と悲鳴をあげる私。

「これで緊張少しはほぐれた？」

澄ました声で言っているが、私の反応をおもしろがっているに違いない。

ムッとした私は上体を起すと、玲人君に文句を言った。

「玲人君、私で遊びすぎ！」

なんか胸がスースーして違和感を覚えたのだが、構わずキッとそのまま彼を睨みつける。

「いい眺め」

私の胸を見てニヤニヤしている玲人君を見て、ようやく気づいた。

あっ、胸見えてる⁉

バッと両手で胸を押さえたが、今さら遅い。

「もう〜、玲人君の馬鹿！　紳士なら目を閉じなさいよ！」

弱々しい声で責めると、彼は意地悪な笑みを浮かべた。

「瑠璃ってホント、お馬鹿だね。ほら、横になって。そんなんじゃいつまでたってもプールに入れないよ」

彼にトンと背中を押されて、渋々横になる。

私が「玲人君の記憶を消したい」、「もうずっと目つぶってて」などとぶつくさ言っている間に彼は丁寧に日焼け止めを塗っていく。

「瑠璃の肌ってシミひとつないね。大事にしないと」

塗り終えると、彼はビキニトップの紐を結んだ。

やっと終わったよ～。

ホッとして起き上がろうとしたら、彼が身を屈めて私のうなじにチュッとキスをしてきた。

途端に、胸がドキッとして、カーッと身体が熱くなる。

「すごい。瑠璃、一気に全身真っ赤になったね」

私を観察するように眺め、おもしろそうに目を光らせた。

「私はリトマス試験紙じゃありません！」

まるで私で実験してるみたい。

「瑠璃にしては機転のきいた返しだな。なるほど、赤ってことは、瑠璃は酸性だったのか」

顎に手をやり、彼は真剣な顔で呟く。

そんな彼に、眉間にシワを寄せて突っ込んだ。

「……私で遊ばないでよ」

「ごめん。瑠璃が相手だと飽きなくって。次、俺に塗って」

彼が当然のようにボトルを手渡してきて、ギョッとした。

「ええ～！　私が塗るの？」

「他に誰が塗るの？」

彼はポーカーフェイスで聞いてくる。

確かに誰もいない。

「……やります」

仕方なく引き受ける。

ハーッと息をついている間に、玲人君はビーチチェアに横になった。

彼はクォーターだからもともと肌は白いんだけど、適度に運動しているせいか綺麗に日焼けしているし、均整のとれた身体をしていてつい見惚れてしまう。

日焼け止めを手に何回かプッシュしてローションを彼の背中に塗っていった。

うわー、男の人なのに肌スベスベ。

「人の肌こんなに触ったの初めて」

そんなコメントを口にすると、玲人君は目を閉じながら笑った。

「俺も触らせたのは瑠璃だけだよ」

そのセリフに胸がキュンとなる。

クールなくせにこんなキザな言葉をサラッと言っちゃうんだもん。

玲人君、ずるい。

「瑠璃の手、気持ちいい。寝そう」

彼が欠伸を噛み殺す。

「いいよ。寝ても。プールは逃げませんからね」

優しい声をかけて彼の背中にローションを塗っていく。

南国にいる開放感からだろうか？　気分が安らいでリラックスできる。

私たちだけの幸せな時間を満喫していた。

彼の囁き

「ねえ、あの赤く光ってるのなにかな？」

石窯で焼いた美味しいピザを食べながら、窓の外を指差す。

「ああ、多分灯台じゃないかな」

玲人君は私が指差した方を見て言った。

プールで一時間ほど泳いだ後、私たちはホテル内にあるイタリアンのお店で夕飯を食べている。

ここは海が一望できて、絶好のロケーション。綺麗な夕日が海にゆっくりと沈むのも見られた。

高級リゾートのせいか周りはカップルや年配の客が多く、店内は落ち着いたムードが漂っている。

ピザを食べ終えると、デザートのマンゴーパフェが私の前に置かれた。

「すごい、見事にマンゴーだらけだね。いただきます」

スプーンを手に取り、マンゴーの果肉をすくって口に運ぶ。

「うーん、甘くて美味しい！」

ひとり悶絶しながら再び果肉をすくうと、突然玲人君の手が伸びてきて、そのまま彼の口に……。

「確かに甘い」

呆気に取られる私の目を見て彼がニヤリ。

「もう、食べたいなら言ってくれたらいいのに。びっくりするなあ」

そう注意したら、彼はしれっとした顔で言った。

「どんな味か急に知りたくなって」

それを言うなら〝急にびっくりさせたくなって〟でしょう？

「もっと食べる？」

そう声をかけたら、彼は頭を振った。

「ありがと。でも、ひと口食べれば充分だよ。瑠璃が食べるの見てる方がおもしろい」

「おもしろいってなに？」

訝《いぶか》しげな視線を投げれば、彼は片肘をついてクスッと笑う。

「小動物みたいに美味しそうに食べるから」

その目があまりに優しくてドキッとした。

「も、もう！　ペットじゃないよ」

動揺しながら小声で文句を言い、パフェを口に運ぶ。

「わかってる。瑠璃はペットじゃないけど、俺のだよ」

フッと微笑し、玲人君はこっちが赤面するような殺し文句を口にする。

カーッと顔は熱くなるし、なんかのぼせそう。

照れ隠しにずっと疑問に思っていたことを聞いてみた。

「どうして玲人君は、私との婚約を断らなかったの？　拒否しようと思えば、できたでしょう？」

だって、彼ならどんな女の人だって選べたはずだ。それなのに、彼は自分が私を選んだと言った。

でも、私を選んだ理由がわからない。

美人でも頭がいいわけでもなく、おまけに病弱。私と一緒にいてもなんのメリットもない。

そんな厄介な女、普通嫌がるでしょう？

彼がすぐに答えないので、パッと自分が思いつく理由を言ってみた。

「他にもらい手がないと思って、ボランティア精神で婚約に反対しなかったの？」

「瑠璃って自分をなんだと思ってるの？　自己評価低すぎ」

玲人君が呆れ顔でハーッと溜め息をつくが、そんな彼の反応に戸惑った。

「だって、玲人君なら女の子、選《よ》り取り見取りじゃない？」

私の発言が気に入らなかったのか、彼はスーッと目を細める。

「それ以上お馬鹿な発言すると、ここでその口塞ぐよ。キスしてね」

玲人君が悪魔な顔で警告してきて……。

ぎゃあ！

私は慌てて自分の手で口を覆った。

この顔……。公衆の面前だろうが、彼なら実行するに違いない。

「じゃあ、どうして？」

自分の口を隠しながら聞けば、彼は穏やかな顔で言った。

「瑠璃は俺にとって特別だったんだよ。小さい頃、俺のこの目を『まるで宇宙の星みたいに綺麗』って言ってくれて」

「たったそれだけで、婚約する気になる？」

首を傾げてもっと説明を求めれば、玲人君は私の目をまっすぐに見つめた。

「俺にとっては重要だった。それまでは、ずっと自分の容姿が嫌いでね。でも、瑠璃にそう言われてからは気にしなくなったんだ。瑠璃が俺を救ってくれたんだよ」

彼から初めて聞かされる話に衝撃を受けた。

眉目秀麗で完璧でなんの悩みもないと思っていたのに、自分の容姿にコンプレックスを持っていたなんて知らなかった。

その彼を私のたわいもないひと言が救ったなんて信じられない。

「……救っただなんて大袈裟だよ」

驚きながら否定するが、玲人君は真摯な目で告げた。

「俺が俺らしくいられるのは、瑠璃がいるからだ。最初は特別に思う気持ちだけだった。でも、次第に心から瑠璃が欲しくなったんだよ」

彼の説明にはまだ納得いかない。

「ちょっと待って！　じゃあ、なんで高一の時に私の方から婚約を断っていいなんて言ったの？」

「瑠璃に選択させようと思ったんだ。ずっと俺に縛りつけるのはかわいそうだと思ってね」

まさについ最近まで私も似たようなことを考えていたわけで、その告白にびっくりした。

「そんなこと思ってたなんて全然知らなかった」

「でも、その結果、瑠璃は喘息が悪化して入院したけどね」

玲人君は、当時のことを思い出してか苦笑いする。

「あの時は、悔やんだよ。まさか瑠璃が俺の言葉にショックを受けるなんて思ってなかった」

ライトブラウンの瞳を曇らせる彼を見て、自分を責めすぎだと思った。

「……だから、あれから急に過保護になったんだね」

「過保護っていうか、俺のものだから大事にしてるだけ。瑠璃の気持ちが俺にあるのはあの事件でわかったし」

玲人君は、私を見てニヤリとする。

「俺としては、瑠璃の口からちゃんとした告白を聞きたいけど」

彼の催促に一瞬考え込んだ。

「告白って……あっ」

言われて初めて気づいた。

私……彼にちゃんと〝好きだ〟って伝えていない。

今まで、言ったら彼に負担をかけちゃうと思ってずっと口にしなかった。

それを言うなら……。

「私も玲人君に言われたことない」

「そお？　瑠璃が忘れてるだけじゃない？」

玲人君はとぼける。

私の夢の中では何度か言われたけど、ちゃんと起きている時に言われた記憶はない。

「言われてないよ」

もう一度断言すれば、彼はわざとがっかりした様子で嘆息した。

「覚えてないなんて残念だなあ。あんなにいっぱい愛を囁いたのに」

「茶化そうとしてるでしょう！」

少し怒って彼を責めたら、彼は平然とした様子で「全然」と答える。

相変わらず彼の考えが読めない。

玲人君の口からちゃんと〝好きだ〟って聞きたいのにな。

でも、彼の性格上、そういう言葉は口にしなそう。

ジーッと玲人君の口元を見てたら、彼が腕時計をトントンと叩いて私を急《せ》かした。

「瑠璃、そろそろ食べ終わらないと、花火が見られなくなるよ」

時計の針はもう八時を回っている。

「花火が始まる時間って八時半だっけ？」

確認すると、彼は微笑みながら返事をした。

「そうだよ」

「頑張って食べます！」

それから猛スピードでパフェを平らげたはいいが、お腹はポンポコリン。

これは……絶対に彼には見せられない。

このお腹を見たら、百年の恋も一気に冷めそう。


レストランを出て部屋に戻ろうとエレベーターを待っていたら、その扉が開いて思わぬ人物に出くわした。

拓海さん？

エレベーターから拓海さんが綺麗な女性と一緒に出てきて、私の身体は瞬時に強張った。

玲人君もすぐに気づいて、私の腰に手を回して守るようにしっかりと抱く。

「おや、こんなところで会うとは奇遇だなあ」

私たちを見て拓海さんはニヤリと笑うが、玲人君は無表情。

玲人君の拓海さんへの怒りは相当なようだ。

彼はあの夜、拓海さんがくれた香水と口紅を紙袋ごとホテルのゴミ箱に投げ捨てた。物に罪はなかったのだが、見ると拓海さんを思い出すし、不快だったのだろう。

「こんばんは」

気の利いた言葉が見つからず、そう挨拶を返したものの顔が引きつっていた。

「どうも」

隣にいた玲人君も無機質な声で挨拶して、私と共にエレベーターに乗り込む。

せっかくいい気分だったのに、いやーな空気が流れて……。

すれ違いざま、拓海さんは私に目を向けて言った。

「お嬢ちゃん、またな」

深い意味はないとは思うのだが、『またな』なんて言われると困ってしまう。

拓海さんがいるとトラブルに巻き込まれることが多いし、できればもう会いたくない。

エレベーターの扉が閉まると、玲人君は私をギュッと抱きしめてきた。

「嫌な奴に会っちゃったな」

少しピリピリしている彼に明るく言った。

「女の人連れてたし、もう私を誘うことはないよ」

「さあ……どうかな」

玲人君は表情を曇らせる。

「心配しすぎ。花火楽しもう！」

エレベーターを降りて部屋に戻ると、テラスに出た。

もうすっかり外は暗くなって無数の星が輝いている。

「わ～、綺麗！　あれ、天の川じゃない？」

空を見上げて指差せば、玲人君は私の隣に来て微笑んだ。

「あっ、本当だ」

どうやら綺麗な星を見て彼の機嫌は少し直ったらしい。

今後一切、拓海さんの話題は禁句だね。

そんなことを考えていると、彼が私の手を引いてビーチチェアに座った。

「もう始まるよ」

ゴロンとふたりで横になって星を眺めていたら、ヒューという音がして夜空に大きな花火がドンと上がった。

寝そべって見るのは格別の楽しさがある。花火が落ちてくるんじゃないかというくらい間近に見えて興奮した。

星が瞬く中、たくさんの花火が繰り返し上がっては、赤、青、緑、紫などの花を咲かせて消え……。まるで大きな黒いキャンパスに絵を描いているみたい！

「すごく綺麗～」

歓声をあげたら、「そうだな」と玲人君が相槌を打って私をその胸に抱き寄せた。

「こんな綺麗なのここで見られるなんてすごーく贅沢だね」

彼の胸に顔を寄せるとフフッと笑う。

パン、パン、パンと上がる花火が空で輝いて私たちの顔を照らした。

玲人君が私に顔を近づけて、口づける。

すると、今まで大きく聞こえていた花火の音が急に小さく感じて……。

この世に玲人君と私のふたりしかいないんじゃないかって思えた。

張り詰める空気。重なり合う唇。

目を閉じて彼のキスに応える。

もう私はこの甘い唇をよく知っている。

現実の世界なのに、夢の世界にいるかのように感じるのはなぜだろう。

幸せすぎるからかな？

「瑠璃」

大好きな人が私の名を呼ぶ。

その声で目をゆっくり開ければ、彼が私の瞳を覗き込んできた。

熱を帯びた彼のライトブラウンの双眸《そうぼう》。

「好き……」

その瞳も、彼自身も……。

「世界で一番好き」

そう呟いて、玲人君の首に腕を絡める。

すると、彼はとても嬉しそうに微笑んだ。

「知ってる」

彼は突然私を抱き上げて、部屋に戻る。

これからなにが起こるのか、想像がついた。

スプリングのきいたベッドに運ばれて、ドンと身体が弾む。

彼もベッドに乗っかってきて、ガバッと着ていたTシャツを脱いだ。

でも、男性経験のない私はどうしていいかわからない。

服って自分で脱ぐもの？　それとも脱がされるのを待ってればいい？

あ～、段取りが全然わからない。

土壇場でテンパる私。

自分もTシャツを勢いよく脱いだら、彼に笑われた。

「やる気満々だね。全部俺が脱がしたかったのにな」

「え？　じゃあ、もう一回着る？」

キョトンとしながら聞けば、彼に優しく肩を押され、ベッドに寝かされた。

「大丈夫。俺に全部任せて」

彼が私の耳元で囁くが、大切なことを思い出して、「あっ！」と声をあげた。

あれだけ下着のことで悩んだというのに、今日は上下お揃いじゃない。しかも、Tシャツだったから、アウターに響かないベージュのブラだ。

きっと玲人君引いてるんじゃあ？

慌ててブラを隠す。

「どうしたの？」

私の顔を不思議そうに覗き込む彼。

「……下着がかわいくないの」

ボソッと呟けば、玲人君はニヤリとした。

「問題ない。俺が気になるのは下着じゃなくて中身だから」

中身って私？

じゃあ、私が今まで悩んでたのは一体なんだったの？

「……そういうものなの？」

「俺はね。でも、瑠璃は他の奴の好みなんて知る必要ないよ」

独占欲剥き出しの顔で言って、玲人君は私の耳朶《みみたぶ》を甘噛みしながら、身体中にキスしていく。

それで緊張が解けて、彼が与える甘美な快感に酔いしれた。

いつの間にか下着は取り去られ、彼は私に覆いかぶさってくる。

重なり合う身体。

初めて知る痛みも、彼が一緒なら怖くない。

「玲人……君」

名前を呼べば、大好きなこの人は私をギュッと抱きしめてくれる。

やっと彼とひとつになれた――。

嬉しくて……幸せで……涙が出る。

頬を伝う涙を、玲人君が舌で舐めとった。

それから、また優しく愛されて……。

視界が霞んで、だんだん意識が遠のく。

「瑠璃」

遠くで微かに彼が私を愛おしげに呼ぶ声がした。


次の日の朝目覚めれば、彼に背後から抱きしめられていた。

身体が気だるくて、起き上がらずにそのままままどろむ。

いつの間に眠ってしまったのだろう?

ついに彼と身体を重ねたかと思うと、嬉しくて顔がにやにやしてしまう。

私のお腹に回されている彼の手がまるで自分のもののように思える。

これで彼にもっと近づけたって実感できた。

劇的になにかが変わったというわけではないんだけど……肌が触れ合うことで愛されてるって感じた。

玲人君はまだ眠ってるみたいだし、私ももう一回寝よう。

ゆっくりと目を閉じると、彼が私の髪を撫で、弄《もてあそ》ぶのを感じた。

ん?　玲人君、起きた?

そう思った時、彼の囁きが聞こえた。

「好きだよ」

……これは、夢じゃないよね？

確かに『好きだよ』って彼は言った。

でも、もう一度聞かないと確信できない。

ガバッと身体を反転させて、彼と向き合った。

「今のもう一回言って！」

彼の両肩を掴んでお願いすると、彼はとびきり甘い顔で囁いた。

「瑠璃が好きだよ」

ジーンと胸が熱くなる。

ついにはっきりと聞いたよ。

私の妄想でも、夢でもない！

「苦節二十二年。じっと待った甲斐がありました」

「瑠璃、思考がダダ漏れなんだけど。苦節二十二年ってなに？」

玲人君がククッと笑う。

「だって、玲人君は私のことなんか好きじゃないってずーっと思ってたんだよ」

彼に翻弄される私

「海亀って本当に鈍いんだね」

ラグーンにいる海亀に餌をやっても、なかなかパクッと食べてくれない。

これなら池の鯉の方が反応いいんだけど……。

宮古島滞在四日目。

ようやく念願の餌やりができました。

だって、初めて抱かれた日以来、午前中はずっと部屋にこもりっぱなしで、外に出られなかったんだもん。

「海亀も瑠璃にだけは言われたくないと思うよ」

横にいる玲人君がスマホ片手にボソッと手厳しいセリフを呟く。

「それ……私が鈍いって遠回しに言ってる？」

唖然とする私を見て、彼はフッと笑った。

「まあね。否定できないでしょ？」

「うっ……」

言葉に詰まる私。

そりゃあ、私は玲人君に比べたら、運動神経も頭も鈍いですよ。

「でも、海亀には勝てると思うよ」

海亀相手にムキになって言えば、彼は真顔で返した。

「その根拠のない自信はどこからくるのかな？」

え？　私、海亀にも負けてる？

「どこからって言われても困るけど……」

自信を失い、ボソボソと呟く。

「嘘だよ。さすがに海亀相手なら勝てるんじゃない？　泳ぎは負けるけどね」

ニコッと笑うと、玲人君は持っていたスマホでパシャと私の写真を撮った。

「嘘だよ、って言ったのに、なぜ疑問形？」

横目でジロリと玲人君を睨むと、彼はクスッと笑った。

「瑠璃をいじるのって楽しいんだよね。仕事忘れてリラックスできる」

……私は玲人君のおもちゃ？

頭の中でそんな突っ込みを入れていたら、彼が餌の入った紙コップを私に手渡した。

「ほら、俺の分もあげるよ」

「わーい、ありがとう！」

見事に餌につられた私は、彼にからかわれたことも忘れ、ご機嫌。

餌やりを終えて一旦部屋に戻ると、バスルームで水着に着替え、シュノーケリングに行く準備をする。

私にしては珍しくちゃんとメイクをして、日差しが強いから、ウォータープルーフのファンデは厚めに塗った。

バスルームを出ると、私の姿を見て玲人君がクスッと微笑む。

「髪の毛ふたつに結んでると、中学生みたいだね」

「え〜、嘘。ファンデーションとかちゃんとつけてるのに？」

ショックを受けた私は、頬を両手で押さえた。

高校生とはよく言われるけど、中学生って……。

「化粧とか関係なく、もう顔の印象が中学生。いいんじゃない？　若く見えて」

全然フォローになってない。

「それは若く見えすぎだよ」

玲人君に突っ込んだのに、彼は私の言葉をスルーした。

「じゃあ、こっち来て。日焼け止め塗るから」

玲人君に呼ばれ、ソファの上に寝そべる。

「水着の上からラッシュガード着れば大丈夫じゃない？」

「瑠璃は今まで日焼けとは無縁の生活してたから、塗った方がいい」

玲人君は、真剣な表情で言う。

恥ずかしいけど、こういう顔をしている時は逆らわない方が無難。

ドキドキしながらもじっとして、彼がローションを塗り終わるのを待った。

「終わったよ」

彼は、ビキニトップの紐を結びながら告げる。

「ありがとう」と言って起き上がると、今度は彼は酔い止めの薬を差し出した。

「船に乗るから飲んでおいて」

「あっ、ありがと」

感心しながら薬を受け取る。

本当に彼は準備がいい。

小さい頃もよく転ぶ私のために絆創膏《ばんそうこう》を常備してたもんね。

薬を飲むと、ラッシュガードを着てサングラスをかけた。

船酔いもＵＶ対策も万全だ。

ホテルの前からダイビングショップの車に二十分ほど乗って、近くの港に着いた。

車を降りると豪華なクルーザーが見えて、テンションが上がった。

しかも、空は雲ひとつない晴天。

玲人君が一緒だと雨に降られることはまずない。彼は天気にも愛されているのだ。

「あれに乗るんだね。楽しみ」

うきうきしながらクルーザーに目を向ける私に、玲人君はチクリと注意する。

「はしゃぎすぎて海に落ちないように」

どれだけ信用ないの、私。

「落ちないよ」

ムッとしながら否定すると、玲人君は私の手を掴んだ。

「どうだか？　さあ、行くよ」

玲人君に手をしっかりと引かれて、タラップを上る。

クルーザーは日差し避《よ》けもあるし、中はクーラーもついていて快適で、トイレ、シャワー完備だ。

ツアーに参加するという手もあったんだけど、出港時間が早く、また万が一私の体調が悪くなった時にすぐにホテルに戻れないからと、玲人君は船をチャーターしたのだ。

ダイビングショップのスタッフは三人。三十代半ばの船長と、若いインストラクターが男女ひとりずつ。女性がいるとなにかと安心だ。

クルーザーが出港すると、こんがり日に焼けたインストラクターのお兄さんから、シュノーケルの説明を受けた。

「今日は晴天だし、珊瑚が綺麗に見えますよ」

お兄さんの言葉に思わずニンマリ。

「サイズ違ったら言ってください」

私と同い年のお姉さんから、レンタルしたシュノーケルマスク、フィン、マリンブーツ、ライフジャケットを受け取って、合わせてみた。

「どう？　足痛くない？」

玲人君が私の前に来て、足に触れる。

彼はダイビングのライセンスも持っていて慣れているのか、もう確認は終わったようだ。

「うん、大丈夫そう」

「マスクは？」

彼は、次に私のマスクに手を伸ばした。

「少しキツく感じるけど、苦しくはないからこれでいいかも」

「そうだね。緩いと水入るから」

マスクはいいとして……。

「ライフジャケットもサイズはいいよ。でもこんなので本当に水に浮くの?」

ジャケットしか着ていないとなんだか不安。

あまり泳ぎが得意ではない私としては、浮き輪が欲しくなる。

「海に入ればわかるよ」

玲人君はフッと笑う。

一旦マスクを外し、玲人君と船尾にある腰掛けに座って景色を眺めた。

クルーザーは水を切って沖へと進んでいく。

もう港がかなり小さく見えた。

頬に当たる風が気持ちいい。

海は透明度が高くて底の方まで見えそうだ。

クルーザーがポイントに着くと、インストラクターのお兄さんが口を開いた。

「今日は波もないし、海も透明で珊瑚や魚が綺麗に見えますよ。じゃあ、準備して行きましょうか」

お兄さんがクルーザーの上からドボンと海に飛び込み、私と玲人君は梯子《はしご》で下りていく。

顔を海水につければ、海の中には珊瑚のお花畑が広がっていた。

わあ～、すごい！と叫びたい気持ちでいっぱいだが、マウスピースを咥《くわ》えていて声にならない。

熱帯魚も珊瑚の周りにたくさんいた。

あのオレンジに白い帯模様が入ってるのは……クマノミ！

海で泳いでいるのを見たのは初めて。

自分が見つけたかと思うと、すごく嬉しくなる。

近くを泳いでいる玲人君の腕を掴むと、海面から顔を上げた。

玲人君も続いて顔を上げ、私に声をかける。

「どうしたの？」

「今そこにクマノミいたよ。すごいね。水族館みたい」

私のおとぼけ発言に、玲人君は苦笑した。

「水族館は海を真似てるんだけど……」

「あっ……そうでした」

本家は海でした。

彼の指摘にペロッと舌を出す私。

海さん、馬鹿なこと言ってごめんなさい。

再び彼と並んで珊瑚の岩の周りを泳いでいたら、海の底が見えた。

深さ二十メートルくらいありそう。その周辺は海水が冷たい。

突然、大きな魚影が見えてびっくり。

あれはなに？

玲人君も気づいたのか、そちらに顔を向けている。

日の光で、キラリと銀色に輝くその姿。一メートル近くあるんじゃないだろうか。

その魚が視界から消えると、私も玲人君も顔を上げた。

「今の大っきい魚、なに？」

玲人君に聞いたつもりだったのだが、近くにいたインストラクターのお兄さんが答えた。

「あれは、GTですね」

「GT？」

カッコいい名前だが、なんのことかわからない。

ピンとこなくて首を傾げると、玲人君が補足説明をしてくれた。

「ロウニンアジのことを通称GTって呼んでて、釣り人に人気の魚だよ。大きいのだと二メートル近くあるんだ」

「へえ、玲人君くらいあるんだ。実際に目の前にいたらびっくりするだろうね」


それから二十分ほど泳ぐと、クルーザーに戻ってランチ。

お姉さんが食事を用意してくれていて、装備を外し、早速いただいた。

メニューはご飯、豚汁、マグロカツにサラダ。船の上で食べるから冷たいお弁当かと思ってたんだけど、あったかいご飯が出てくるなんて感激！

「運動してお腹ぺこぺこだったんだあ。この豚汁すごく美味しい」

「瑠璃は日頃から運動不足だからね。たまには運動したら？」

うーん、運動苦手なんだよね。

「はは……。考えておきます」

苦笑しながら答えると、玲人君の冷たい眼差しが私に突き刺さった。

「その返答、やる気ないよね？」

うっ、その視線、痛いよ。

「だって……私、家でゴロゴロするのが好きなんだもん」

そーっと玲人君から視線を外して言い訳すれば、そんな私の鼻を彼が指でツンとつついた。

「そのうちイモムシになるよ。引きこもりさん」

「イモムシでいいもん」

開き直る私を見て、彼が意地悪な笑みを浮かべた。

「俺としてはもうちょっと健康的になってほしいなあ。瑠璃抱いてると、華奢《きゃしゃ》すぎて心配になる」

「ちょっ……玲人君⁉ そんなこと、ここで言わないでよ！」

周りをキョロキョロ見ながら、シッと人差し指を唇の前に立てて彼に抗議する。

幸いインストラクターさんたちは、食べ終わった食器を片付けていて聞いていなかった。

「それと、もっと食べて肉づきよくなると、抱き心地がもっとよくなって……」

わざとこっちが赤面するような話題を口にするので、慌てて玲人君の口を手で塞いだ。

「わかりました！　運動もするし、これからはちゃんと食べるよ」

降参して約束すると、彼は私の手を外してニヤリ。

「まずは俺の通ってるジムに入ろうか。俺のために頑張って」

この悪魔！

心の中で彼を罵《ののし》れば、食器を片付けに来たお姉さんが私たちを見て微笑んだ。

「すごく仲いいんですね。羨ましいなあ」

「赤ちゃんの頃からの付き合いなんで」

玲人君がにこやかに返すが、私は心の中でボソボソと呟いた。

主導権はいつも彼に握られています。


それからポイントを変えて二回泳ぎ、夕方前にホテルに戻った。

玲人君の言うように日頃の運動不足がたたってもうクタクタ。

あ〜、夕食前にベッドでひと眠りしたい。でも、ここ数日の洗濯物が溜まっているんだった……。

気合いを入れ直して、洗濯物をまとめた。

「玲人君の洗濯物ちょうだい。コインランドリーに行ってくるよ」

「寝たいんでしょ？　俺が行ってくるよ」

　玲人君はそう気遣うが、私は頭を振った。

　彼に私の下着を洗濯させるなんて、恥ずかしい。肌は重ねたが、だからといって気安く頼めない。それとこれとは話が別だ。

「いいよ。売店にも寄りたいし、私行ってくるね」

　ニコッと笑顔を作って言えば、彼はいつものように子供扱いして注意する。

「迷子にならないでよ」

「ならないよ」

　笑って否定して、大きなランドリーバッグに洗濯物を詰め、ひとつ下の階にあるコインランドリーに向かった。

　中に入ると、他の客はいなかった。空いてる洗濯機に洗濯物を入れ、運転ボタンを押す。

　一時間近くかかるし、夕食前に乾燥機に入れ替えれば大丈夫か。

　それから、売店に寄ってスナック菓子を買い、部屋に戻ろうとエレベーターに乗ったら、閉まる扉をこじ開けるように拓海さんが飛び込んできた。

　げ！

私と彼のふたりを乗せてエレベーターは動き出す。

うわぁ、よりによって玲人君がいない時に拓海さんに出くわすなんて最悪だ。

ひとりでいるのが心細く感じ、壁際に寄った。

エレベーターはガラス張りで外の景色も綺麗に見えるが、今はそれを楽しむ余裕はない。

「また会ったな」

拓海さんがにこやかに挨拶する。

そういえば、銀座のレストランでのこと、前に会った時に謝っていなかった。

「こんにちは。先日は……お見苦しいところをお見せしてしまってすみません」

「ああ。次付き合ってもらう時は、途中退席なしな」

彼の言葉に、顔が引きつった。

できればもう誘わないでほしい。

「はは……」

笑ってごまかして、返答を避ける。

あー、なにか他の話題はないの？

必死に考えて、今日は前一緒にいた女性がいないのに気づいた。

「今日はお連れの方は一緒じゃないんですか？」

拓海さんがひとりでいるのが気になって尋ねると、彼は他人事《ひとごと》のように答える。

「エステじゃないかな」

「そうなんですね」

相槌を打つも、もう他に会話が思いつかない。

……困った。早くエレベーター着かないかな。

階数表示をじっと見つめていたら、彼が私に近づいた。圧迫感を覚えて上体を反らし、ガラスにへばりつく。

なんだろう？　すごく嫌な予感がする。

「あのうるさい婚約者が一緒じゃないとは……ついてるな」

その目がキラリと妖しげに光ったと思ったら、彼が身を屈めて私にキスしようとしてきて……。

「いや！」

そう叫んで拓海さんの頬をとっさに叩いた。パシンと大きな音がして、彼が目を見開く。

「へぇ、俺に手を上げるなんてなかなかだな」

私に叩かれた衝撃で乱れた髪をかき上げながら、拓海さんは口角を上げた。

「抵抗されると余計欲しくなるし、他人のものかと思うと奪ってみたくなる」

彼の言葉にゾクッと寒気がして、スナック菓子が入った袋をバサッと落とした。

エレベーターを止めて早く降りたいが、ボタンを押したくても彼の身体に阻まれていてできない。

「……冗談はやめてください。拓海さんには恋人がいるじゃないですか！」

身体がビクつくも、拓海さんを睨みつけ言い返した。

「いいな、その目。すごくそそられる」

拓海さんが私の頬に手を伸ばしたその刹那、チンと音が鳴ってエレベーターの扉が開く。

すると、扉の向こうに玲人君がいた。

「あーあ、時間切れか。残念だ」

玲人君を見て拓海さんはおどけた様子で呟くが、次に肉食獣のような目で私を見てきて身の危険を感じた。

「玲人君！」

拓海さんをドンと押しのけ、玲人君の胸に飛び込む。

「瑠璃?」

玲人君はびっくりした顔で私の顔を覗き込み、しがみつく私の肩を抱く。

「どうした?」と玲人君は私に説明を求めるけれど、拓海さんが怖くて答えられなかった。

代わりにゆっくりとした足取りでエレベーターを降りた拓海さんが、玲人君に説明する。

「なんでもない。少しからかったら驚いただけだ。これ、瑠璃の落し物」

拓海さんの声にビクッとなるも、気になって恐る恐るそちらに目を向ける。

彼がスナック菓子の入った袋を差し出していたが、怖くて私は身動きが取れなかった。

空気を察して玲人君が受け取ったけど、礼は言わない。

「俺の警告忘れてませんか?」

玲人君が絶対零度の眼差しを向ければ、拓海さんはしれっとした顔でとぼける。

「なんだったっけなあ。最近、物忘れがひどくてな」

「ひどすぎますね」

チクリと拓海さんに嫌みを言うと、玲人君は私の肩を抱いたまま、部屋に戻った。

「あの男になにされた？」

玲人君は私と向き合い、両肩に手を置いて聞いてきた。

「……エレベーターに乗ったら、彼が乗り込んできて、キスされそうになったの。引っ叩《ぱた》いて防いだけど……。玲人君がいてくれてよかった」

「俺も売店に行こうと思ってエレベーターを待っていたんだ」

玲人君は私の身体を強く抱きしめる。

「もう大丈夫だよ」

彼が私の耳元で優しく囁く。

「うん」

玲人君の背中に腕を回すと、その温もりに安堵しながら頷いた。


「うわあ～、ここも絶好のロケーション」

灯台の展望台から眺める景色に、思わずうっとりしてしまう。

目の前にはコバルトブルーの綺麗な海が広がっている。

「右手が太平洋、左手にあるのが東シナ海だって」

玲人君がスマホで調べた情報を口にした。

「へえ～、ふたつの海を一度に見られるんだね。ねっ、あれ魚じゃない？」

キラリと光る魚影を見つけ、興奮しながら玲人君の腕を掴んだ。

「おっ、確かに魚だ。灯台の展望台から見つけられるなんて、透明度がすごいんだな」

玲人君が髪をかき上げながら海を眺める。

その姿がカッコよくて、思わずスマホで彼の写真をパシャリ。

「日本にもこんなに海が綺麗な場所があるんだね。連れてきてくれてありがとう！」

玲人君に向かって微笑むと、彼も微笑み返した。

「どういたしまして」

昨日、拓海さんとエレベーターで会った後、玲人君が『ホテルを変えよう』と言って、私たちは荷物をまとめてすぐに移動した。

反対する理由はなかった。拓海さんにはもう会いたくなかったから。

今宿泊しているのは、海辺に佇《たたず》む高級ホテルのヴィラ。南国らしいガゼボが設けられ、プールとプライベートビーチ、近くには温泉の施設もある。ヴィラごとに専任のバトラーがついて、食事や島でのアクティビティなどの手配をしてくれて、とても便利だ。

昨日はあんなことがあったけど、玲人君がベッドの中でもしっかりと抱きしめてくれたおかげで安心して眠れた。

朝起きたら雲ひとつない晴天で、気分もスッキリ。

楽しいことだけ考えよう。宮古島にいられるのもあと数日だもの。

玲人君も拓海さんのことは一切口にせず、朝からいつもの調子で私をからかった。

朝食を部屋で食べた後は、レンタカーを借りて、宮古島の観光名所のひとつ東平安《ひがしへんな》崎《ざき》にある灯台にやってきたのだ。

最初に泊まったホテルのレストランから見えたあの灯台だ。

入場料を払って灯台の中に入ると、すぐに螺旋《らせん》階段があって、展望台目指してひたすら上った。

五十段ほどのところでヨロヨロしていたら、玲人君には『ホント、体力なさすぎ』と冷やかされたけどね。

眼下に広がる絶景に、百段近く上った階段のつらさを忘れる。

景色に感動している私に、玲人君は意地悪く言った。

「東京に戻ったら体力つけようね」

「うっ……それ、今言う？　この綺麗な景色を楽しんでいるのに」

じっとりと玲人君を見れば、悪魔な顔で彼は笑った。

「なんなら早速この灯台の階段、五往復してもいいよ」

ええ〜、あれを五往復なんて死んじゃうよ。

「あ〜、無理！　東京戻ったら頑張るよ。ね？」

玲人君の手を掴んでご機嫌を取ろうとすると、彼は目細めて私を見る。

「ふーん、瑠璃の俺への愛ってそんなもんなんだ？」

「……頑張ります」

彼への愛を証明するべく、泣く泣くそう言って、またもう一往復した。

愛を伝えるって大変なのね。

旅行中、終始彼に翻弄された私だった。

私は彼を裏切る

「久しぶりじゃな。瑠璃ちゃん」

段ボールの箱を開けて記念式典のパンフレットを取り出していたら、玲人君のお祖父様が現れた。

彼の横には小鳥遊さんがいる。

今日は、九条ホールディングスの創立百周年記念式典の日。会場は赤坂《あかさか》にある九条ホテルで、時刻は午前十時を過ぎたところ。

ゴールデンウィークの宮古島旅行は、拓海さんとのいざこざはあったけど、すごくいい思い出になった。

宮古島から戻って三週間経ったが、今でもあのコバルトブルーの綺麗な海を三線《さんしん》の音と共に思い出す。

ああ〜、宮古島に帰りたい。夏も台風が来なければまた行きたいな。

会社の方は、連休明けのせいか頭がボケボケで、ようやく仕事に慣れてきた。有能な秘書への道はまだまだ遠い。

式典が十一時から始まるため、秘書室のメンバーは大忙しだ。秘書室の面子《メンツ》だけでは手が足りず、総務課や企画室などからも二十人くらい応援に来ている。

玲人君のお祖父様は九条ホールディングスの会長で、財界の重鎮でもある。つい最近知ったのだが、小鳥遊さんは会長の秘書も兼務しているらしい。

私が入社する少し前からお祖父様は体調を崩していたため、ずっと出社していなかった。

しばらく会っていなかったから心配だったけれど、今日お顔を見る限りでは元気そうだ。

「お祖父様、ご無沙汰しております」

ピンと背筋を伸ばしてお辞儀をしたら、お祖父様に笑われた。

「堅い挨拶は抜きじゃ」

優しい目でお祖父様は私を見る。

私の祖父は父方・母方とももう亡くなっていて、私自身、玲人君のお祖父様のことを実の祖父のように思っている。

それに、玲人君のお祖父様は玲人君には厳しいけれど、私にはすごく優しいのだ。

「栗田さん、会長のお相手頼むよ。俺、会場のチェックがあってね」

小鳥遊さんが腕時計にチラリと目を向けながら私に声をかける。

「はい」

私が笑顔で返事をすると、小鳥遊さんはどこかに消えてしまった。

受付で立ち話をするのは悪いと思い、お祖父様に「会場の様子をご覧になりますか？」と提案してみた。

「ああ、そうさせてもらおう」

お祖父様は、私の目を見てにっこりと頷く。

杖をついて歩く彼の腕を支えながら、重厚な扉を開けて、会場に入った。

豪華な胡蝶蘭《こちょうらん》が置かれ、壇上には【九条ホールディングス創立百周年】の横断幕や紅白の花のリボンが飾られている。

ホテルのスタッフやうちの社員が慌ただしく動き回る様子をお祖父様は鋭い眼差しで見ていて、さすが財界のドンだなって思った。

会場の右側にある役員席にお祖父様を案内し、椅子を勧める。

「座ってください。立ったままではおつらいでしょう？」

「瑠璃ちゃんは優しいな」とお祖父様は目を細めて微笑むと、ゆっくりと腰を下ろした。

「仕事の方はどうかな?」

お祖父様の質問に、笑って答える。

「大変ですけど、玲人君や小鳥遊さんがいるので、なんとかやっています」

「そうか。最近は、熱で寝込んだりはしていないか?」

私を気遣う言葉を嬉しく思いながら、ニコッと笑ってわざと声を潜めた。

「大丈夫ですよ。元気にしています。ここだけの話、毎日廊下走ってますから」

秘書としては褒められたものではないのだが、業務にアタフタして廊下を走り回るうちに体力もついてきた。もちろん、週末は玲人君とジムに通っているおかげでもある。

「それはよかった。誠《まこと》君が最近大変だったと……」

「会長、こんなところで油を売っていたんですか?」

玲人君が突然現れ、お祖父様の言葉を遮った。

「瑠璃ちゃんと話をしてなにが悪い?」

お祖父様はギロッと玲人君を睨みつける。

「彼女と話すのはいいですが、結婚式の日取りはいつにする?とか変なプレッシャーを与えないでくださいよ」

玲人君は冷ややかな顔でお祖父様に釘を刺す。

「なにを言っとる？　お前の独断で瑠璃ちゃんとの同居を決めたくせに」

え？　一緒に住むのを決めたのって、玲人君だったの？

お祖父様の発言に驚きを隠せなかった。

「それは会長たちから瑠璃を守るためですよ。大学卒業してうちに就職した瑠璃に早く結婚しろと攻勢をかけるつもりだったでしょう？」

玲人君の説明に私は心の中で〝なるほど〟と納得するが、お祖父様はあからさまに顔をしかめた。

「ふん。ワシらを口実にするな。お前が瑠璃ちゃんと早く住みたかっただけじゃろ」

お祖父様の指摘に、玲人君は澄まし顔で答える。

「それは、否定はしませんよ」

お祖父様は何事にも動じない玲人君に歯ぎしりして悔しがる。

「憎らしい奴じゃ。瑠璃ちゃん、なにか困ったことがあったら遠慮なくワシに相談しなさい」

「はい、ありがとうございます。あの、さっき、うちの父が大変だと言っていたのは……？」

玲人君が現れる前、お祖父様は『誠君が最近大変だった』と言いかけていた。誠というのは、父の名前だ。

「ああ、それは……」と呟きながらお祖父様はチラリと玲人君に目を向ける。

玲人君はなにも言わなかったが、お祖父様は笑って言葉を濁した。

「それはなんでもない」

「会長、そろそろ開場の時間ですよ。もうすぐ経産省の石川《いしかわ》大臣が到着されるので挨拶してください」

玲人君は腕時計を見てお祖父様を急かし、「じゃあ、栗田さん、受付しっかり頼みます」と副社長の顔で私に声をかけた。

「あっ、はい」

玲人君の目を見て頷くと、彼はお祖父様に手を貸して要人専用の出入り口に向かう。

「私も受付やらなきゃ」

気合いを入れて受付に戻れば、ちょうど社長であるおじさまと秘書の前田さんが到着したところだった。

「やあ、瑠璃ちゃん、よろしく頼むよ」

おじさまは私を見てニコリして、前田さんと会場に入っていった。

招待客が続々とやってきて、松本さんや佐藤さんと共に名簿をチェックしながらリボンやパンフレット、記念品を渡していく。

だが、七十代くらいの男性が受付に来た時、ちょっとしたトラブルがあった。

「招待状はお持ちですか？」と、佐藤さんが男性に声をかける。

男性は「ない」とぶっきら棒に答えた。

「では、名刺をお持ちでしょうか？」

佐藤さんがマニュアル通りの対応をするが、男性は仏頂面で「ない」と返す。

ピリピリした空気が流れ、佐藤さんは少し強張った顔で尋ねた。

「それではお名前を……」

「わざわざ来てやったのに、こんなところでもたつくのか！」

男性は怒りを露わにして、彼女に罵声《ばせい》を浴びせる。「すみません！」と深く頭を下げて謝る佐藤さん。

小鳥遊さんを呼んでこなければ……と思ったが、男性の顔をよく見て気づいた。

あれは……『酒田《さかた》商事』の会長だ。

リボンとパンフレットと記念品を手に持ち、男性に近づいた。

「酒田商事の酒田会長ですね。お手間をとらせてしまってすみません。お席にご案内いたします」

「お前さんは……？　ん？　ああ、確か……栗田百貨店の？」

酒田会長はじっと私を見て栗田の娘と気づいたようで、少し頬を緩めた。

「はい。栗田瑠璃です。以前パーティでイギリスのウィンザー城での晩餐《ばんさん》会のお話、聞かせていただきました。今日はお忙しい中、ご足労いただきましてありがとうございます」

会長が私のことを覚えていたのが嬉しくて、笑顔で挨拶すれば、酒田会長はハハッと笑った。

「あの話の続きがあるんだ。また今度時間がある時にでもどうかね？」

「ぜひお願いします」

酒田会長ににっこりと微笑んで、チラリと佐藤さんたちを振り返った。

「こちらは大丈夫です。ちょっと外しますね」

声を潜めてそう言うと、酒田会長を会場まで案内し、また受付に戻る。

すると、小鳥遊さんがいて、ポンと肩を叩かれた。

「さっき、酒田会長をうまく取りなしてくれたんだって？　栗田さんがいて助かったよ。怒らせると厄介な人だからね」

小鳥遊さんに感謝されるが、私はたいしたことをしていない。

「いえいえ、たまたま酒田会長の顔を覚えていただけですよ」

「栗田さんはいつもそうやって謙遜するけど、すごいことやってるんだよ。八雲物産の社長だって栗田さんが勧めてくれたお菓子喜んでくれたしね。もっと自信持って」

小鳥遊さんの言葉に「はあ」と小さく頷く。

これで自信を持てと言われてもピンとこないな。

来場者の受付が一段落すると、佐藤さんが箱の中のリボンを揃えながらボソッと呟いた。

「さっきはありがと」

これは私の聞き間違い？と思って佐藤さんの顔をまじまじと見る。

「え？　あの……」

もう一度聞き返したら、彼女は少し頬を赤くしながらツンケンした態度で言った。

「ありがとうって言ったのよ」

やっぱり聞き間違いじゃなかったのか。

彼女はとっつきにくい感じの人だけど、悪い人じゃない。

「いいえ。本当にたいしたことはしてないですから」

小さく笑ってそう言うと、松本さんが「そこのふたり、無駄話はダメですよ」とおどけた顔で笑った。

彼女はきっと空気読んで場を和ませてくれたのだ。私と佐藤さんだけだとすぐに沈黙しちゃうもんね。

でも、いつか佐藤さんとも仲よくなりたいな。

同じ秘書室で働いている仲間だもの。


開会の時間になり、少しずつ受付の片付けを始めたら、今一番会いたくない人が現れた。

「よお瑠璃、ちゃんと仕事してるか？　お前、そそっかしいから心配だなあ」

拓海さんが私の頭を撫でてきて、ゾワワと鳥肌が立つ。

あー、厄介な人が来ちゃったよ。

玲人君は会場にいるし、なにかされるんじゃないかと不安で仕方がない。

「今日は栗田社長は出席されないのですか？」

顔を引きつらせながら拓海さんに確認する。

確か招待状の返事では、父が出席することになっていたはずだ。

「あれ？　瑠璃知らないのか？　社長は今休養中。俺は社長の名代《みょうだい》」

……お父さんが休養中？

ええ？　そんなの初めて聞いたよ。

ひょっとして、さっき玲人君のお祖父様が言いかけたのってこのこと？

最近、お母さんとも電話で話せていない。連絡手段はもっぱらメールだ。

お父さん、病気かなにかで倒れたのだろうか？

「そうか。お前、今、九条の御曹司のところにいるんだっけ？　伯父《おじ》さんがどういう状況か知らないんだな」

拓海さんはギラッと目を光らせ、黒い笑みを浮かべる。

それを見て身体が強張った。

「伯父さんのことを教えてやるから、ちょっと来い」

拓海さんはいきなり私の腕をガシッと掴んだ。

「ま、待ってください。私は仕事中で」

言い訳してその場をやり過ごそうとしたけれど、彼は腕を離してくれない。

「もう式典始まってるんだろ？　受付はすることないだろうが」

鋭く突っ込んで、私をこの場から連れ出そうとする。

もう嫌な予感しかしない。

必死に辺りを見回して小鳥遊さんの姿を探すが、彼は会場に入ってしまったのかいなかった。

どうしよう〜！

「栗田さん？」

松本さんが〝大丈夫？〟と気遣わしげな顔で声をかけてくるが、拓海さんは従兄だし、一応は栗田百貨店の専務なのだ。『助けてください』なんて言えない。

「……すぐに戻ります。彼は栗田百貨店の専務なんです」

強張った顔でそれだけ伝えると、拓海さんにトイレの前まで連れていかれた。

「父の話ってなんですか？」

彼を警戒しながら壁に身を寄せ、単刀直入に聞く。

いつになく真面目な顔をしているが、どうせたいした話ではないだろう。私をからかいたいだけなのだ。

そう軽く考えていたのに、彼の口から出たのは私を驚愕させる言葉で……。

「伯父さん、会社の金を着服しているぞ」

彼は私に近づき、身を屈めると声を潜めた。

「嘘！」

拓海さんの衝撃発言に、つい声をあげた。

信じられなかった。あの真面目な父が会社の金を着服なんてするわけない。

「シッ！　声が大きいぞ」

拓海さんは楽しげに私を注意するが、私は声を荒らげて彼の言葉を強く否定した。

「父はそんなことをする人では絶対にありません！」

「栗田百貨店の経営に携わっていないお前が言ってもなんの説得力もないな。伯父さんと連絡が取れないだろう？　俺に追及されるのを恐れて逃げたんだ。表向きは休養となってるが、実際は海外にでも雲隠れしてるんだろうよ」

正論を言われて言葉に詰まった。

「そんなの……」

父が潔白だと証明する術《すべ》が私にはない。

「オーストラリアとスイスにある別荘、あれだって会社の金で買ったんじゃないのか？」

「違います！　あれは祖父の時代に買ったものです！　拓海さんだって知ってるでしょう？」

声を大にして訂正したら、拓海さんはわざとらしくとぼけた。

「そうだっけ？　俺は知らんなあ。お前の勘違いじゃないのか？　俺はな、伯父さんの裏帳簿を見つけたんだよ」

スーツのポケットからＵＳＢメモリを取り出し、それを私に見せつけてダークな笑みを浮かべる彼。

「そんなの嘘です！　私は信じません！」

キッと拓海さんを睨みつけるが、彼は平然とした様子で続ける。

「伯父さんを助けてやりたいが、将来は俺が社長になるわけだし、不正は許せない。まずは出版社にこのネタを持ち込んで、伯父の不正を暴こうと思うんだが」

父が不正をするはずがない。でも……。

出版社にネタを持ち込んで内部告発するということは、拓海さんが正しいのだろうか？

心の隙間に入り込む疑念。

それが、シワジワと私の脳を侵していく。

お父さんも人間だ。誰かに騙されてお金を着服してしまったんじゃあ……。

もし、拓海さんが言っていることが本当だったら？

そう考えたら、彼に懇願せずにはいられなかった。

「や、やめてください！」

父がマスコミに騒がれて、警察に逮捕されるところなんて見たくない。

「父は……いくら着服したんですか？」

「ざっと一億」

「う……そ。一億も？」

それを聞いて絶望的になった。

私の持ってる貯金なんて一千万にも満たない。私の力だけでは、この問題の解決は無理だ。

ああ～、どうしたらいいの？

「一億じゃあ、すぐに返すってわけにいかないよなあ。だが、俺なら貸してやれるぞ。不動産だって持ってるしな」

拓海さんは自慢げに言う。

確かに彼は叔父《おじ》さんの遺産を受け継いでいるし、大金も持っているかもしれない。

「本当ですか？」

すがるように拓海さんを見れば、彼はどこか意地悪な目をしてもったいぶった言い方をする。

「ただし、金額が大きいし、ただでは貸せないな」

「じゃあ、どうすれば貸してもらえるんですか?」

なんとか父を守りたくて、藁《わら》にもすがる思いで彼の助けを求めた。

「お前、俺の愛人になれ」

拓海さんが言い放った言葉に、唖然とする。

私をからかうのもいい加減にしてほしい。こっちは真剣なのに怒りが込み上げてくる。

「はあ? 真面目な話をしてる時にふざけないでください!」

拓海さんを非難するが、彼はニヤニヤしながら反論した。

「ふざけてはいない。昔からお前のことは気に入ってたんだ。九条の御曹司にやるのは惜しい。俺の愛人になればかわいがってやるぞ」

「愛人になんかなりません」

彼を睨みつけ、はっきり断る。

「じゃあ、大事な婚約者様に一億借りるか?」

玲人君に借りる? そんなの絶対にダメ。彼にも、九条の家にも迷惑はかけられないよ。これは栗田家の問題だ。なんとかして私だけで解決しなければ……。

「『父が不正をしたのでお金を貸してください』。お前、あの完全無欠の婚約者にそう言えるんだな？」

拓海さんは私に詰め寄る。

「それは……」

言い返すことなんてできなかった。

父が会社のお金を着服したなんて玲人君に言えないし、知られたくない。

どうすればいいの？

ギュッと唇を噛みしめた。

「言えないよな？」

拓海さんが邪悪な笑みを浮かべる。

そんな彼が悪魔に見えた。

人の弱みにつけ込む、ずる賢くて残忍な悪魔。

「俺なら伯父さんを救ってやれる。もちろん、九条の御曹司には言わない。お前の面子もあるもんな」

拓海さんは、ハハッと声をあげて笑う。

彼の耳障りなその笑い声を聞いて、吐き気がした。

「返事は一日待ってやる。もしお前が俺の話を断るなら、内部告発するつもりだ。よく考えろよ。あと、これは俺の連絡先だ」

拓海さんはスーツのポケットから名刺を取り出すと、私の手に握らせる。

「いい返事待ってるぞ」

私の耳元で囁くと、彼は背を向けて振り返らずに手を振ってこの場を去った。

力が抜けて床にヘナヘナとくずおれる私。

彼の話が信じられなかった。まるで悪夢を見ているようだ。

絶望的なこの状況。

私が拓海さんの愛人にならないと、父は告発され、逮捕されてしまう。

そうなったら、九条家にも、玲人君にも多大な迷惑がかかる。

回答の期限は明日まで。

私の取るべき道はひとつしかない。

でも……拓海さんの愛人になんかなりたくないよ。

玲人君を裏切るなんてできない。

なんで……こんなことになっちゃうの？　せっかく玲人君と思いが通じ合って、これから幸せな日々が続くと思っていたのに……。

神様は意地悪だ。

「瑠璃？　どうした？」

突然玲人君の声が聞こえて、ハッとなる。

拓海さんにもらった名刺をサッとジャケットのポケットに入れると、すぐに立ち上がった。

「ちょっとヒールが高くて転んじゃって」

ハハッと笑ってごまかすが、玲人君の顔は見られなかった。

でも、彼の視線を強く感じる。

玲人君は私をじっと見ているに違いない。

私の心の中を読まれそうな気がして怖かった。

「『栗田百貨店の専務が来て栗田さんを人気《ひとけ》のないところに連れていった』って佐藤さんが俺を呼びに来たけど、あいつになにかされた？」

佐藤さんが私を心配して玲人君を呼んでくれたのか。

さっきの話、彼に聞かれた？　でも、私に『あいつになにかされた？』って質問してきたってことは、聞かれてないってことだよね？

「……璃、瑠璃？」

玲人君に名前を呼ばれてとっさに顔を上げ、苦笑しながら聞き直した。

「あっ、ごめん。なんだっけ？」

玲人君は訝しげに私を見て、私の頬に手を添えた。

「あいつになにかされた？」

「な、なにもされてないよ。トイレから人が出てきたし、なにもできなかったんじゃないかなあ」

自分は嘘つきだって心の中で思いながら、必死に取り繕う。

「顔色悪い。ホテルの部屋で少し休んでいけば？」

じっと私を見つめる彼の目から逃げられず、私は狼狽えた。

「そんなの大袈裟だよ。初めての受付で緊張してただけ。なんともないよ」

無理矢理笑うも、その声は自分には虚しく聞こえた。

でも、笑わなければきっと声が震えてた。

今、彼に父の不正のことを知られるわけにはいかないのだ。

お願い！　これ以上突っ込まないで！

そんな私の願いが通じたのか、玲人君は「じゃあ、戻ろう」と言って私の腕を掴んだ。
彼に頼りたかった。
彼に甘えたかった。
胸が苦しくてたまらない。
玲人君、ごめんね。
胸の中で彼に謝る。
私……あなたを裏切るよ。

「栗田さん、今日はもういいよ」

経理に出す書類を作っていたら、定時きっかりに、小鳥遊さんに声をかけられた。

「え？　でも……まだ接待費の入力が終わってないんですけど」

驚きながらも反論したら、彼はわざと厳しい顔をして言った。

「これは上司命令だから」

式典の後は、みんなで会社に戻っていつも通り仕事をした。

溜まっていたメールの処理や、会議資料の準備、電話応対などで慌ただしく過ごしていたおかげで、父のことを思い悩む時間もなかった。

だが、やっぱり不安が顔に出てしまうのかもしれない。

周りにいる秘書さんたちが、口を揃えて言う。

「栗田さん、帰った方がいいわ。疲れた顔してる」

これ以上反論しても勝ち目がないし、その気力もない。精神的なダメージが大きいせいだ。大きな失敗をする前に帰ろう。

「すみません。そうさせてもらいます」

力なく笑うと、パソコンの電源を落として、机の上を片付けた。

玲人君は今日は会食はないけど、八時まで会議や打ち合わせの予定がびっしり入っている。彼が帰宅するのは九時近くだな、きっと。

「お先に失礼します」

バッグを肩にかけると、みんなに挨拶して秘書室を後にした。

ひとりトボトボ歩いて会社を出る。

いつもならビルを出てすぐにタクシーを呼ぶのだが、今日は歩いて帰りたかった。

頭の中はぐちゃぐちゃ。

拓海さんの言葉が何度も頭の中でリピートされる。

『お前、俺の愛人になれ』

愛人ってことは、拓海さんと肉体関係を持つということ。

玲人君以外の人と肌を重ねるなんてできる？

やっぱり……できないよ。

拓海さんの提案を受け入れようと決めたはずなのに、その決意が揺らぐ。

父が今どうしているのか知りたくて、母のスマホに電話をかけているのだけれど、相変わらず応答がない。

それならばと、父のスマホにもかけたが、繋がらなかった。

両親は大丈夫だろうか？

父が心配で会社にも電話をかけた。父の担当秘書がいなくて、対応した他の秘書がただ〝休暇を取っている〟とだけ答える。

両親が、家にいないのは間違いないと思う。

ゴールデンウィークの後に一度、宮古島のお土産を実家に持っていったら、両親は不在だった。ガレージの母の車もなくなっていて、郵便物もポストに溜まっていた。

メールで母にそのことを聞いたら、【旅行で海外にいるの】と短いメッセージが返ってきた。

きっと、今も両親は家にいない。

警察の逮捕を恐れてどこかに隠れているのだろうか？　それとも、心労がたたって入院してるとか？

ああ～、もうわからない。

どちらにしろ、私が拓海さんの話を受ければ、父は助かるし、母も不幸にならずに済む。

これは……私を大切に育ててくれた両親のためだ。そう思えば、苦も苦でなくなるはず。

拓海さんへの返事の期限は明日。でも、明日まで回答を持ち越したら、また私は迷うに違いない。

ジャケットのポケットから拓海さんの名刺を取り出すと、バッグからスマホを出した。

彼の携帯の番号を入力しようとするが、手が震えてうまくいかない。

落ち着くんだ。しっかりしろ。

自分を叱咤してなんとか入力した。

私にしか父は救えないんだ。

覚悟を決めて発信ボタンをタッチする。

ツーコールで相手が出た。

《はい》

拓海さんは名前を言わずに返事だけする。

心臓はバクバク。

ハーッと大きく息をすると、自分の名を口にした。

「……瑠璃です」

《よお、意外に早かったな？　どうするか決まったか？》

拓海さんは楽しげに聞いてくる。

このまま電話を切ってしまおうか？

この期に及んで返事をするのをためらった。

だが、父が警察に手錠をかけられる姿が脳裏に浮かび、苦い思いで諦めた。

「拓海さんの言う通りにします」

愛人と言いたくなくてそう答えたら、私を嘲笑うかのように彼はその言葉を強調した。

《つまり、俺の愛人になるってことだな？》

胸がズキンと痛む。

もう引き返せない。私は……玲人君を裏切るのだ。

下唇を強く噛みながら認めた。

「……はい。その代わり、父を守ると約束してください」

《ああ、もちろんだ。約束してやる》

拓海さんの返事を聞いて、ホッと胸を撫で下ろす。

《早速だが、明日、俺のものになれ。お前のためにとびきりいいホテルを予約してやろう》

そんな話を聞いても全然喜べなかった。

ホテルの良し悪しなんてどうでもいい。

それより、明日だなんて……。

心が沈み、不安に襲われる。

玲人君に対して罪の意識を感じずにはいられない。

あんなに私を大事にしてくれるのに、私は彼を裏切って、拓海さんに自分の身体を売るのだ。

一億で——。

《場所は明日連絡する》

「はい」

機械的に返して通話を終わらせると、スマホをバッグに入れた。

もう玲人君のそばにはいられない。明日、家を出よう。

そう決めたら、彼とあの家で過ごした日々が洪水のように頭の中に溢れてきた。

お風呂で寝ちゃったり、熱を出して彼に看病してもらったり、フレンチトースト作ってもらったり、一緒にソファでＤＶＤを観たり……。

ああ、私……玲人君にすごく愛されてたんだな。

彼はいつだって私を守ってくれて、私のことを一番に考えてくれてた。

彼ほど私を愛してくれる人はいない。なのに……。

涙がスーッと頬を伝う。

その時、ポツポツと大粒の雨が降ってきた。周囲にいる人はみんな傘をさす。

そういえば、天気予報で雨になるって言ってたっけ。

雨は一気にザーザーぶりになり、私はずぶ濡れになった。

雨……。

高一の時、玲人君に婚約を解消していいって言われた時も、こんな激しい雨が降っていた。

あの時は、この世の終わりだって思うくらい落ち込んだ。

でも、今が私にとって不幸のどん底。一筋の光も見えず、闇の道が延々と続くだけ。

その道を私は今からひとりで歩いていく。

もう私の人生に幸せなんて一生こない。

ずっと真っ暗だ――。

あれから、どこをどう歩いていたのかわからない。

どれくらい時間が経ったのかも……。

会社を出た時はまだ外は明るかったのに、今は暗い雲に空がすっかり覆われ、冷たい雨が降っている。

トボトボと力なく歩いてようやくマンションに着いた。

鍵をガチャッと開けて中に入れば、玲人君が息急き切って玄関に現れて……。

「なんでそんなずぶ濡れになってんの？」

私をひと目見るなり、血相を変える彼。

ぼんやりする頭で思う。

どうして私よりも先に彼が家に帰っているんだろう。

「……歩いて帰ってきたから」

他人事のようにポツリと呟けば、玲人君は声を荒らげて怒った。

「こんな雨の中傘をささずに歩いて帰るって、馬鹿か！」

「……ごめんなさい」

俯いて謝ると、急にふわりと身体が浮き上がった。

「玲人……君？」

驚いて顔を上げれば、玲人君が私を抱き上げ、私の履いていた靴を素早く玄関の床に落とす。

「こんなに身体冷たくして……。定時で上がったはずなのに何時間外歩いてた？　もう九時だよ」

玲人君は私を説教しながら、バスルームへ向かう。

……もう九時。

だから玲人君がいるのか。

「ごめん。玲人君が濡れるからいいよ。下ろして」

疲れた声で頼むが、彼はそのまま進んでいく。

「俺はいい」

短く言い捨てて、私をバスルームに運ぶと下ろした。

「お風呂に入って身体をあっためるんだ」

「うん」

小さく返事をして服を脱ごうとするが、服は濡れているし、手はかじかんでボタンが外せない。

見かねた玲人君が無言で私のブラウスのボタンを外していく。

寒くてブルブル震え出す身体。

結局、下着を脱ぐのも彼が手伝ったが、恥ずかしいと思う感情も湧いてこなかった。

まるで心が死んでしまったかのようだ。

すぐにお風呂に入り身体があったまっても、なにもする気になれず、ボーッと湯船のお湯を見つめる私。

私の濡れた服を片付けた彼がドアを開けて様子を見に来た。

多分私のことが心配だったのだろう。

湯船の縁に頭を預けていたら、「また寝ないでよ」と注意して私の髪をシャンプーで洗い出す。

でも、瞼が重くなってきて、彼に声をかけた。

「玲人君」

「ん？　なに？」

私の髪をゴシゴシ洗いながら彼はチラリと私に目を向ける。

「ありがと」

今までずっと一緒にいてくれて。

言えない言葉は胸の中でそっと呟いて、玲人君に感謝の気持ちを伝えた。

「なに突然？」

彼は手を止めて、私に聞き返す。

「いつもお世話させちゃって悪いって思って」

「小さい頃から瑠璃の面倒はみてるし、慣れてるよ」

機嫌が直ったのか、シャンプーを洗い流し、彼はフッと微笑した。

「玲人君っていいパパになれるね」

クスッと笑ってお風呂の天井を見てまどろむ。

本当に今までありがとう。

玲人君との思い出をもらって、私は明日この家を出るよ。

素敵な人を見つけて幸せになってね。


——翌朝。

ピピッという音で目が覚めたら、体温計の数値を見る玲人君と目が合う。

彼はベッドの端に腰かけて私の熱を測っていた。

「三十七度五分。今日は会社休むんだね」

ポンと私の頭に手を置く彼。

体温計を見て思い出した。

昨夜、お風呂から上がって髪の毛を乾かした後、発熱したんだよね。

少しは丈夫になったかと思ったのに、雨の中を歩いたくらいで熱を出すなんて、ホント嫌になる。最後まで彼に面倒をかけてしまった。

「たいしたことないよ。このくらい」

熱を出すのは慣れている。

チラリと目覚まし時計を見れば午前六時過ぎ。

起き上がろうとすると、彼に止められた。

「ダメだ。これからもっと熱が上がるかもしれない。その身体で出勤して仕事でミスされても困る」

厳しい顔で指摘され、反論できなくなる。

元気な時でも失敗するのだ。こんな状態で行ってもみんなに迷惑をかけるだけかもしれない。

「皆勤賞狙ってたんだけどな」

がっかりしながら呟いて、ハッとする。

なに言ってるんだろう私。今日、彼の前から姿を消すのに……。

それは、つまり会社も辞めるということだ。

自分なりに必死に頑張ってきたのに、ここで投げ出すなんて嫌だけど仕方がない。

彼との婚約を破棄するのに、そのまま九条で働くことなんてできないよ。

「そう落ち込まない。瑠璃にまた入院されたら俺が困る」

「……ごめん」

「楽しいことを考えよう。お盆休みまでちゃんと仕事を頑張ったらまた宮古島に連れていってあげるよ。瑠璃、気に入ったみたいだしね」

優しい目でそう言って玲人君はウィンクする。

宮古島……かあ。

ゴールデンウィークに行ったばかりなのに、随分昔のことのように思える。

「行けたらいいね」

真っ白な天井を見上げながら微笑む。

あの夜空に満天の星、エメラルドブルーの海。すべてが美しかった。

「いいね、じゃなくて、行くんだよ。頑張れ」

玲人君が私の頬に両手を添え、私と目を合わせる。

「うん」

もう一緒に行けないとわかっているのに、私は嘘をついた。

胸がズキッと痛む。

私はなんて悪い女なんだろう。

もっと痛めばいい。もっと私を苦しめて。

それは、私の罪の重さだ。

「……瑠璃？　なに考えてる？」

玲人君がなにかを探るようにじっと私を見つめている。

いけない。鋭い彼に気づかれてしまう。

なにも考えるな。

「海亀に餌やりたいなって思って」

へへッと笑ってごまかす。

また、嘘をついちゃった。

「また俺の分も餌あげるよ。約束する」

玲人君は急に真剣な顔をしてそう告げると、私に顔を近づけてそっと口づけた。

その優しいキスに涙が出そうになる。

今は泣いちゃダメ。ここで泣いたら彼に変に思われる。
必死に自分に言い聞かせて涙をこらえた。
玲人君はキスを終わらせると、私の頭を撫でる。
「朝食作ってくる。なにがいい?」
「自分で適当に作るからいいよ」
どうせ食欲なんてないのだ。
首を横に振って断るが、彼はニヤリとして言い張る。
「じゃあ、俺が適当に作る」
とことん私に優しい彼。
甘く微笑んで、寝室を出ていった。
玲人君がキスした唇にそっと触れる。
今のがきっと、彼との最後のキスだ。
この幸せな時間もあとわずか。
静かに目を閉じて耳を澄ませば、雨の音が聞こえた。
今日も雨……か。
まるで私の心の中……みた……い。

不意打ちのプロポーズ

「う……ん」

目を開けると、ベッドの横のサイドテーブルにおにぎりと解熱剤、そして私のスマホが置かれていた。

どうやらまた眠ってしまったようだ。

「今……何時？」

ベッドから起き上がって目覚まし時計に目をやると、もう午前十一時を回っていた。

こんな時間なら当然彼は会社にいるはず。

「最後に行ってらっしゃいって言えなかったな」

ベッドを出てバスルームに行く。

さっと洗顔と歯磨きをして洗面台の鏡を見れば、目の下にクマができていた。

「ひどい顔」

この顔を玲人君に見られたのかと思うと泣けてくる。最後くらいにっこりした顔でいたかった。

寝室に戻ると、彼が作ってくれたおにぎりに目を向けた。

一緒にメモが添えてある。

【全部残さず食べるように】

玲人君らしい。

食欲はないけど、彼が作ってくれたのだ。残すわけにはいかない。

手を合わせていただきますをし、おにぎりを口に入れた。

……美味しい。

中身は私の大好きな梅干しだ。

食べ終わると、薬を飲んで、スマホを手に取る。画面を見たら、母からメールが来ていた。

【昨日電話くれたようだけど、なにかあった?】

そのメッセージを読んですぐに返事を返す。

【今度一緒に外で食事をと思ったんだけど、また仕事が落ち着いたら連絡するね】

玲人君との婚約を破棄して拓海さんの愛人になるなんて、母には絶対に言えない。

貯金は少しはある。ここを出たら、どこか安いアパートでも見つけよう。

実家に戻って普通に暮らすなんてできない。

両親に理由を聞かれたら……そう、他に好きな人ができて海外に行くことにしたと言おう。それなら、しばらく姿を消しても怪しまれないはず。

両親との連絡も最低限にするんだ。

拓海さんにも両親にはなにも話さないように口止めしなくては……。

他にもやらなければならないことがたくさんある。

リビングに行き、部屋の隅にある木製チェストの引き出しから便箋《びんせん》と封筒を取り出すと、スマホで調べながら退職願を書いた。

失敗ばかりだったけど、もっとあそこで仕事をしたかったな。

私の都合で勝手に辞めることになり申し訳ない気持ちでいっぱいだった。

結局、お嬢様の気晴らし。そうみんなに思われても仕方がない。

普通はなにか特別な理由がない限り、退職の一カ月前に上司に知らせるのが社会人としての常識。仕事の引き継ぎなどが必要だからだ。

だが、皮肉にも私がいなくなっても秘書室の人間は誰も困らない。私の存在なんてそんなものだ。まだ会社の歯車でもない。

退職願を書き上げて封筒に入れると、次は玲人君への手紙を書き始めた。

涙が止めどなく溢れ出し、ポタポタと落ちて便箋を濡らす。

何度も書いてはボツにし、五枚目でようやく書き終わるも、その文面は短く他人行儀。

【玲人君へ
ごめんなさい。婚約を解消します。今までありがとうございました。瑠璃】

でも、これでいい。理由を書けば、どこかに私の感情が出てしまう。

私の彼への想いは凍らせなければいけない。

未練を残すな。彼を心配させてしまう。

ペンを置くと、テーブルの上のスマホがブルブルと震えた。画面を見れば、それは拓海さんの携帯の番号だった。

スマホを手に取り、緊張しながら通話ボタンをタッチする。

《俺だ。今日会う場所だが、赤坂の九条ホテルだ。イタリアンレストランを予約したから七時に来い》

赤坂の九条ホテルと聞いて動揺せずにはいられなかった。

そこは、昨日式典を行った場所だ。

他にもホテルはあるのに、わざわざ九条の系列を選ぶところが拓海さんらしい。

彼は意地悪だ。それで私が苦しむのを楽しむつもりなのだろう。

「はい。わかりました」

怒りを抑えながら返事をしてブチッと電話を切った。

スマホの画面には十二時十一分と表示されている。

ボーッとしてたら時間なんてあっという間に過ぎてしまう。

今日は玲人君は接待のはずだけど、夕方までに掃除をして自分の荷物をまとめなくては……。

テーブルの上に退職願と彼への手紙を並べておいた。

これを彼が読む時、私はもうここにはいない。


時間をかけて掃除を済ませると、寝室のクローゼットからスーツケースを取り出して、服を詰めていった。

とりあえず入るものだけ持ち出して、他の荷物のことは後で考えよう。

服を畳んでいたら、あることに気づいた。

前に玲人君、鯖の味噌煮が食べたいって言ってたなあ。

結局、朝は時間がなかったり、夜は彼の接待があったりして一度も作っていない。

彼は私にたくさんのことをしてくれたのに、私は彼のそんな些細な願いも叶えてあげていないのだ。
玲人君……ごめんね。
今からスーパーに食材を買いに行こうかと思ったけどやめた。
私の痕跡を残しちゃいけない。
彼にとってもうそれは必要のないものだから——。

荷物をある程度まとめ、服を着替えると、スーツケースを手に玄関に向かう。
靴を履いて、くるりと向きを変え、深々と頭を下げた。
「お世話になりました」
もうここに私が帰ることはない。
後ろ髪を引かれる思いで家を出ると、タクシーを捕まえて九条ホテルに向かった。
覚悟を決めたはずなのに、気持ちが落ち着かない。
このままタクシーでどこか遠くに逃げたい。何度もそう思った。
でも、運命からは逃れられないのだ。
私が父と母を守らなければ……。
ホテルに到着すると、タクシーを降りてスーツケースを転がしながら中に入る。

クロークに荷物を預け、指定された店にゆっくりと向かった。

身体は緊張で強張っている。心臓が今にも壊れそうなほどバクバクしていて、気が変になりそうだ。もう目に映るものすべてが灰色に見える。

レストランの店員に「栗田の名前で予約しているのですが」と伝えると、奥にある個室に案内された。

私の顔を見て拓海さんがフッと笑った。

「時間通りだな。逃げ出すかと思った」

「……逃げませんよ」

彼の顔を見て吐き気がしたが、なんとかそう返す。

私が席に着くと、拓海さんはシャンパンを頼んだ。

ウェイターがすぐに持ってきて、シャンパンをグラスに注ぐ。

拓海さんは、グラスを掲げニヤリとした。

「楽しい夜に」

私は無言でグラスを手にし、乾杯はせずにシャンパンを一気飲みする。

酔いたい気分だったんだ。

それなのに、今夜に限って全然酔わない。

どうしてなの？

苛立ちながらドリンクのメニューに目を向ける。

「ワイン、頼んでいいですか？」

「俺は飲むが、お前はやめておけ。また気分が悪くなっては興醒めだからな」

淫靡《いんび》な笑みを浮かべる拓海さんを見て、瞳が恐怖で震えた。

その後、前菜やパスタが運ばれてきたが、私は皿をつついただけで、あまり口にはしなかった。

「デザートはどうする？」

拓海さんが聞いてきたが、私は小さく頭を振る。

「いらないです」

さっさと済ませて早く帰りたい。

帰りたい？

なに考えてるんだろ、私。帰る場所なんてもうないのにね。

食後のカプチーノを飲み終わると、拓海さんは私の肩を抱いてエレベーターに乗り、客室に向かう。

部屋は三十七階にあるエグゼクティブスイートだった。

広いリビングに豪華な家具、窓からは東京の摩天楼が一望できる。
玲人君と一緒に来たのなら喜べただろうが、今は気が重くなるだけだった。
リビングを通って寝室に入り、キングサイズのベッドを見て身体が硬直した。
枕がふたつ並んでいるのがなんだか生々しい。
これから拓海さんに抱かれるのかと思うとゾッとする。
さっさと済ませたいと思ったけど、やっぱり無理だ。
彼とベッドに入るなんて嫌。
「あの……すみません。シャワーを」
できるだけ先延ばしにしたくてそう口にする。
そんな私の両肩を掴んで、彼は私をベッドに押し倒した。
勢いでズシンと軋《きし》むベッド。
心臓がドッドッドッと大きな音を立てた。
目と鼻の先に拓海さんの顔がある。
「シャワーなんて後で浴びればいいだろう？　食後の運動といこうじゃないか」
彼の目が妖しく光る。
それを見て身体が震え出した。

どうすればいい？

もうこうなってしまったらどこにも逃げられない。

抵抗しようにも、拓海さんに腕を掴まれていて無理だ。

恐怖が私を襲う。

彼は馬乗りになると、私の上着に手をかけて脱がそうとした。

「玲人君！」

助けて！

ギュッと目を閉じて、来るはずがないのに愛しいあの人の名を叫んだ。

すると、バタバタと足音がして……。

「そこまでだ！」

殺気に満ちた玲人君の声が聞こえて、次に「うっ！」と拓海さんが呻《うめ》いた。

ドサッという音がして、恐る恐る目を開ければ、玲人君が肩を大きく上下させ、ベッドの下に転がっている拓海さんを睨みつけている。

……玲人君？　これは現実なの？　それとも都合のいい夢？　どうして彼がここに？

頭の中は？だらけ。

拓海さんは玲人君に殴られたのか、驚愕《きょうがく》の表情で左の頬を押さえていた。

玲人君の後ろには、小鳥遊さんがいる。

ポカンとしながら彼らを見ていたら、玲人君が口を開いた。

「栗田拓海、俺はあんたに警告したはずだ。覚悟はできてるんだろうね」

その身が凍りそうなほど冷たい声に、背筋が寒くなった。

顔には笑みが浮かんでいるが、彼は怒っている。今までとはレベルが違う。激怒している。空気が彼の怒りを伝えてくるのだ。

肌がチクチク痛むような感じがする。

拓海さんもそんな玲人君に恐れをなしたのか、この期に及んで言い逃れをした。

「ま、待て！　俺は瑠璃に誘われたんだ！」

拓海さんの発言に唖然とする。

「違う！　拓海さんに俺の愛人になれば父を助けてやるって言われたの！」

思わず叫んでしまい、慌てて手で口を押さえた。

あっ、いけない！　ここで私が否定したら、父がどうなるかわからないのに……。

玲人君はチラリと私に目を向けたが、すぐに拓海さんと向き合い、スーッと目を細めた。

「へえ、どういうことかもっと詳しく説明してもらおうか？」

「お、俺はなにもしていない」

拓海さんはそんな玲人君を見て激しく動揺しながら突っぱねる。

すると、小鳥遊さんがニコニコ顔で割って入ってきた。

「往生際が悪いなあ。お前が瑠璃ちゃんを襲うところ、ビデオにちゃんと撮ってるぞ。強制わいせつ罪、いや、強姦《ごうかん》罪で訴えてもいいいんだがなあ」

「そんなのはったりだろうが！」

拓海さんは小鳥遊さんに向かって声をあげた。

小鳥遊さんは急に表情を変え、鋭い眼光で拓海さんを見据えると、鼻で笑った。

「ここは九条ホテルだ。お前が瑠璃ちゃんとレストランで食事してる間にビデオカメラ仕掛けるくらい、わけもない」

「お前は散々瑠璃にちょっかい出してきたんだ。それで俺がなにもしないとでも？この事態は予測してた。はぐらかさずに、素直に吐けよ。なんて言って瑠璃を誘い込んだ？」

玲人君は左手で拓海さんの顎を掴み、氷のような冷たい声で追及する。

「……伯父さんが会社の金を一億着服したから……お前が俺の愛人になれば金を貸し

てやるし、内部告発もしないと……」

拓海さんは観念したのか、か細い声で玲人君の質問に答えた。

「よくもそんな真っ赤な嘘を。着服してるのはお前だろ？　お前のことはおじさんにも協力してもらっていろいろ調べたよ。イギリスでも散財して好き勝手やっていたようだな。会社の金を使って」

呆れ顔で言って玲人君は拓海さんの顎を掴んでいる手に力を込めた。

「い……痛」

拓海さんは苦痛に呻く。

「瑠璃を騙して愛人にしようなんて、相当な悪党だね。さあて、どうしようか？　また悪さされても困るし、お前の臓器売ってみんなの役に立ってもらおうか？」

玲人君はおもしろそうに言って口の端を上げると、拓海さんの顎から手を離した。

そんな非情な発言をする彼を見て私は驚いた。

「……じょ、冗談だよな？」

拓海さんは、玲人君の言葉に顔を青くする。

そんな彼に追い討ちをかけるように、小鳥遊さんはダークな笑みを浮かべて言った。

「あんたわかってないなあ。天下の九条家を敵に回して無事に済むと思ってんの？

九条の力を持ってすれば、なんだってできるんだよ」

「ま、待て。そんな法に触れること……」

拓海さんは怯えながら言う。

そんな彼に玲人君は冷酷に言い放った。

「だったら、試してみようか？　使い込んだ金は、身体で払えよ」

拓海さんの胸ぐらを掴んで玲人君が立ち上がらせる。すると、拓海さんが突然玲人君に殴りかかろうとした。

「誰がお前の言う通りにするか！」

「危ない！」

ハッとして私は叫んだが、玲人君は顔色も変えずに拓海さんの腕をねじり上げる。

「うっ、いてて！」

拓海さんは、痛みで顔を歪《ゆが》めた。

「無駄な足掻き」

玲人君は冷淡に言って拓海さんを小鳥遊さんに引き渡す。

「手はず通りに頼みます」

「了解！」

ニコッと笑うと、小鳥遊さんは暴れる拓海さんを連れて部屋を後にする。

手はず通りって、どういうこと？　一体どこへ拓海さんは連れていかれるの？

だが、今は彼のことを気にしている場合ではない。

玲人君とこの状況で急にふたりきりになり、気詰まりを覚えた。

あ〜、どうすればいいの？

彼にはもう私が父を助けるために拓海さんの愛人になろうとしたことがバレている。

合わせる顔がないよ。

ベッドから起き上がるが、玲人君に声をかける勇気もなく、俯いて下唇を噛んだ。

「瑠璃」

玲人君が静かな声で私を呼ぶ。

だが、顔を上げて彼を見ることはできなかった。

そんな私の顎をクイと掴んで、玲人君は私と目を合わせる。

ライトブラウンの綺麗な瞳が私の目を射抜いた。

「これからは俺にどんなことでも言ってほしい。今日みたいに勝手にいなくならないで」

真剣な目で告げて、玲人君は私の身体を強く抱きしめる。

ためらいながらその背中に腕を回すと、彼に謝った。

「……ごめんなさい」

「本当にそう思うなら、ずっと俺のそばから離れるな」

いつもと違い、彼は強い口調で言う。

「うん。……約束する」

どれくらい抱き合っていたのだろう。

玲人君は抱擁を解いて、スーツの内ポケットから封筒を二枚取り出した。

それは、私が書いた手紙と退職願だった。

気まずくてオドオドする私の前で、彼は封筒ごと破り捨てる。

「これは必要ないから。よく聞いて、瑠璃。婚約解消なんてしない。俺はなにがあっても瑠璃を手放さないよ。今もこれから先もずっと」

私の両肩に手を置き、彼はまっすぐな目で伝えた。

「どうしてここにいるのがわかったの？」

玲人君がすぐにこの部屋に入ってきたのが気になった。

「昨日の式典の時から瑠璃の様子がおかしいと思って、小鳥遊さんに協力してもらって瑠璃の跡をつけたんだ。まあ、仕事中でもＧＰＳで瑠璃の居場所を知るようにはしていたけどね。なにかあれば動けるように」

玲人君の説明に、やっぱり彼には敵わないって思う。

そうだよね。落ち着いて考えてみれば、あんなにずぶ濡れになって家に帰った私を不審に思わないはずがない。

玲人君は、私の髪を優しく撫でながら話を続けた。

「そしたら、瑠璃があいつとレストランで食事を始めたから、あいつが部屋を取ってないか確認して、いろいろ仕掛けておいたんだ」

「今日は接待があったんじゃあ？」

不意に玲人君のスケジュールを思い出して、彼に尋ねた。

私のせいで仕事を放り出してきたの？

「先方の都合でなくなったよ」

彼の答えにホッとしたのもつかの間、また心配事が出てきて……。

「ねえ……、臓器売るとかいう怖い話は本当なの？」

玲人君が悪事に手を染めるのかと思うと心配になる。

「いいや。ただの脅しだよ。実際は遠洋マグロ延縄《はえなわ》漁船に乗って働いてもらう。一日十五時間労働で数年は戻ってこられない。もうあいつが瑠璃に近づけないようにするから安心して」

しれっとした顔で言う玲人君の話に安堵した。

彼には悪いことをしてほしくないし、拓海さんの顔ももう見たくない。

「父が悪いことをしていないなら、どうして父は出社していないんだろう？　自宅に両親ともいないの」

首を捻りながら考える。

拓海さんの件は解決したが、両親のことが残されている。

父が悪事に関わっていなかったのはよかった。でも、それなら今どこにいるのか。

「実は、瑠璃のご両親には口止めされていたんだけど、おじさんが自転車から転倒して顔面と足を骨折してね。幸い命に別状はなかったけれども、今病院に入院しているんだ。おばさんは毎日通うのが大変とかで近くのホテルに泊まっているらしい」

骨折？

父は自転車が趣味で、週末になると自慢のバイクで走りに行く。その自転車で大怪我だなんて……。

「お父さん、大丈夫なの？」

びっくりして思わずガシッと玲人君の腕を掴めば、彼は私を安心させるように優しい目をして微笑んだ。

「ああ。顔面を強打したから、瑠璃に知らせて心配させたくなかったんだと思うよ。おばさんいわく、〝フランケンシュタインもびっくりの顔〟らしいから」

「フランケンシュタインもびっくりの顔って……」

一体どんな状態なのだろう？　恐ろしくて顔から血の気が引いていく。実際に父の顔を見たら、ショックで卒倒するかも。

そんなひどい状況だから、会社にも〝休暇〟と言って休んでいるのだろう。

栗田百貨店の社長が大怪我したなんて世間に知られたら、株価にも影響するかもしれないし、社員も動揺する。

「まだあともう少し入院が必要だけど、顔の方は腫れも引いてきたみたいだし、足もリハビリしたらちゃんと歩けるようになるそうだよ」

「よ、よかったあ。お母さん、私にちゃんと言ってくれればよかったのに」

この場にいない母に恨み言を言うと、玲人君は私をなだめた。

「まあ、命に関わる怪我じゃないからよかったじゃないか」

父の怪我のことを知っていれば、拓海さんの話を鵜《う》呑《の》みにすることはなかった。

でも、結局別のことで騙されていたかも……。

「こんな簡単に人に騙されるなんてまだまだだなあ」

自己嫌悪に陥って暗くなる私のおでこに、玲人君が額をコツンと当ててきた。

「だから、瑠璃を助けるために俺がいるんだよ」

この上なく優しい声で囁いて、彼は私を見つめて微笑む。

「よし、熱はないな。じゃあ、うちに帰ろうか?」

〝うち〟と聞いて嬉しくなる。でも……。

「うん。あの……玲人君、ごめんね」

彼を裏切ろうとしていた自分を恥じ、もう一度謝った。

「もういいよ。瑠璃はおじさんたちを守ろうとしたんだろ? わかってる」

いつものようなお説教もせずに私に優しく接する玲人君。

でも、彼が咎めなくても、私が自分を許せない。

「こんな私……愛想つかして婚約破棄してもいいんだよ」

涙ぐみながら伝えたら、彼は目を細めて笑った。

「優しい瑠璃も、真面目な瑠璃も、お馬鹿な瑠璃も全部好きなんだ。だから何度も言うけど、婚約破棄なんてしない」

「玲人……君」

彼の言葉に胸がジーンと熱くなる。

「婚約解消なんて馬鹿なことは考えないで、全部俺のものになってよ。苗字も九条に変えてね」

再び玲人君は私を抱き寄せ、私の耳元で囁いた。

「うん」

彼の胸の温かさを感じながら相槌を打つと、なぜか突っ込まれた。

「ちゃんと意味わかってる？　俺、今プロポーズしたんだけど」

玲人君は呆れ顔で笑っている。

プロポーズ？

そういえば、苗字も九条に変えてとか言われたような……。

「ええ～？」

この状況でプロポーズされるなんて誰が予想するだろう。

素っ頓狂な声をあげる私に、彼はもう一度甘い声で囁いた。

「俺と結婚しよう」

ずっとあなたのそばに

それからふたりでタクシーで家に帰ると、もう午後十時近かった。

「瑠璃？　なにボーッとしてるの？　家に着いたよ」

玲人君にプロポーズされ放心状態の私は、玄関で靴も脱がずに突っ立っていた。

「ああ……うん」

返事をしてゆっくりと靴を脱ぎ、彼の後についてリビングに行く。

いつもの癖でソファにゴロンと横になり、天井をぼんやりと見つめた。

玲人君にプロポーズされちゃった。

まだ彼の声が耳に残っている。

『俺と結婚しよう』

これは夢だろうか？

だって、玲人君、結婚は社会人として一人前になってからって言ってなかったたっけ？

玲人君は一人前どころか、九条の経営に欠かせない存在になってるけど。

「なんかもう今日はいろいろありすぎて頭の中がごちゃごちゃしてる」

クシャッと髪をかき上げたら、彼の声がすぐそばで聞こえて驚いた。

「そう思って、瑠璃がいろいろ変な方向に考えないようにプロポーズしたんだけど、まだ実感していないみたいだね」

その不穏な声の響きにドキッとする。

いきなり玲人君に抱き上げられ、私は慌てた。

「れ、玲人君？　どこ行くの？」

ベッドに運ばれるかと思って聞いたのだが、玲人君の回答は違った。

「お風呂」

「もう少し休んでからでいい？」

今日は疲れてすぐには動けない。

そう確認するが、彼は構わずバスルームに向かって歩き出す。

「瑠璃は寝てていいよ。俺が瑠璃の身体洗うから」

「え？　いいよ。玲人君だって疲れてるでしょう？」

そう気遣うも、彼はゆっくりと首を横に振った。

「全然。それより瑠璃についたバイ菌を早く洗い流さないと落ち着かない」

「バイ菌って？」

「邪《よこしま》なあの男に触られたんだ。綺麗にしないと」

うわー、私のことは許してくれたけど、まだ相当拓海さんのこと怒ってる。

バイ菌扱いだもん。

「拓海さんには服の上から肩を触られただけだよ」

玲人君を安心させようとするが、彼はそのままバスルームに運び、私を下ろした。

「それでも気になるんだよ。それに、今度は俺が瑠璃への愛を証明しないとね」

悪魔な顔で宣言すると、玲人君は狼狽える私に迫る。

いけない！　この目、朝までコースだ。

宮古島で散々学習した。絶対私の身体が持たない。

「あの大丈夫。充分愛は伝わってるから」

苦笑いしながら断ってみたが、彼は納得せず、私を捕まえた。

「伝わってたら、あんな馬鹿な真似はしないよ」

わ～、やっぱりすごく怒ってる。

チクリと毒を吐くと、玲人君は私の服を次々と脱がしていきながらキスをする。

それは始まりにすぎなくて……。

彼の愛の証明は、私の予想通り明け方まで続いた。

「ほら、召し上がれ」

翌朝、彼に抱きつぶされてすっかり機嫌を損ねている私を、玲人君はフレンチトーストで懐柔しようとする。

今日は土曜日で、会社は休み。

こんなものでごまかされませんよ。

ソファでクッションを抱き抱えながらぷうっとむくれる私だったが、フレンチトーストの甘い匂いにつられ、ついトレーに目を向けた。

そこにはフレンチトーストと紅茶以外にも、小さな箱がのっかっていて……。

「これ……？」

それは、真っ赤な宝石箱。

目を見開きながら、確認するように玲人君を見た。

今日は私の誕生日じゃない。

「開けてみたら？」

玲人君は私を見て微笑む。

手を伸ばしてその赤い箱を手に取って、蓋を開けた。

するとと、大きなダイヤの指輪が七色に輝いていて、目が釘付けになった。

センターダイヤの周りにも小さなダイヤがちりばめられ、それはまるでパリのノートルダム寺院の〝バラの花〟と呼ばれているステンドグラスのよう。

「綺麗」

ホーッと見惚れていたら、玲人君が嬉しそうに笑った。

「気に入ってくれたようでよかった」

玲人君は箱から指輪を取り出すと、私の左手を取って、薬指にはめてくれる。

「サイズはピッタリだな」

少しホッとした顔をする彼に、ドキドキしながら尋ねた。

「この指輪……いつ買ったの？」

仕事が忙しくて買いに行く暇なんてなかっただろうに。

「瑠璃がここに引っ越してくる少し前だよ。婚約はしてるけど、瑠璃には実感が必要だしね」

悪戯っぽく目を光らせ、彼は念押しする。

「……ありがとう！　すごく嬉しい！」

感極まって玲人君に抱きつくと、彼は私の背中に手を回して優しく微笑んだ。

「今日、瑠璃のお父さんのところにお見舞いに行って、その指輪見せてあげよう」

「うん、そうだね」

彼の思いやりのある言葉に、私は破顔した。


その年の十二月、私は宮古島にある九条系列のホテルにいた。

新婦の控え室で、ウェディングドレス姿の私を見て母は頬を緩める。

隣にいる父は目を潤ませながら、母の言葉に相槌を打った。

「瑠璃、綺麗よ」

「うん、綺麗だなあ」

父はリハビリの甲斐もあり、今では松葉杖がなくても歩けるようになった。

顔の方も額に傷は少し残っているけど、優秀な形成外科医のおかげで事故前とあまり変わらない。

母の話では私とヴァージンロードを歩くために、手術もリハビリも頑張ったらしい。

会社の方も拓海さんの弟の海斗《かいと》君が大学卒業後に父の跡を継ぐことが決まり、ひと安心。

拓海さんはというと、栗田百貨店の役員を罷免《ひめん》され、父とも縁を切られた。私を騙した拓海さんを父も今回ばかりは許せなかったのだろう。

今日は私の結婚式。

空は青く澄んでいて、雲ひとつない。

コンコンとノックの音がしてブライダルコーディネーターの女性が「もうすぐ式の時間です」と呼びに来た。

両親は先にチャペルに向かい、私もドレスや髪をチェックして控え室を出たら、そこに玲人君がいた。

濃紺のタキシードに身を包んだ彼は、王子のようにカッコよくて思わず見惚れてしまう。

「瑠璃、またボーッとしてる。大丈夫なの？　式の流れ、忘れてないよね？」

クスッと笑いながら、玲人君は確認した。

急にそう言われると自信をなくす。

「どうしよう～。昨日リハーサルやったのに忘れそう」

焦る私を見て、玲人君はにっこりと微笑んだ。

「大丈夫。瑠璃はお義父さんと一緒に俺のところまで歩いてくるだけでいい。あとは俺がフォローするよ」

その頼もしい言葉に、少し緊張も解けた。

「ヴァージンロードで転ばないようにしなきゃ」

「そうだね。俺もそれが一番心配」

玲人君は真顔で頷く。

「うっ……そこで同意しないで。また緊張しそう」

動揺する私に、彼は顔を近づけて囁く。

「綺麗だよ」

ボッと火がついたように赤くなる私に彼はチュッとキスをする。

まだ周りにスタッフがいるんですけど……。

「れ、玲人君！　見られちゃうよ」

周りをキョロキョロしながら彼に注意した。

なんか……以前も似たようなことがあったよね。

「式で誓いのキスするんだよ。これ予行練習だから」

玲人君は悪戯っぽく笑うと、なにも言い返せずに唖然とする私の手をしっかりと握る。

「じゃあ、行こうか」

「……うん」

結婚式の日でも私たちのこのやり取りは相変わらずだ。

でも、彼のおかげで緊張はすっかり解けて……。

今、私はヴァージンロードを一歩一歩歩いて、あなたのもとへ行く。

その曇りのない淡いブランデー色の瞳に魅せられたその日から、私はあなたに恋をしている。

それは一生変わらないだろう。

病める時も健やかなる時も、私はあなたのそばにいる。

永遠に――。

番外編

俺の幸せな時間〔玲人ｓｉｄｅ〕

「リゾート開発の件、よろしくお願いします」

料亭の前で取引先の専務がペコリと頭を下げる。

「ええ。今夜はどうも」

軽く頷いて微笑み、停まっていたタクシーに乗り込んだ。

「広尾まで」

行き先をタクシーの運転手に告げると、後部座席のシートにもたれかかり、ネクタイを緩めた。

二月初旬でまだ外は寒い。

幸い車の中は温かくてホッとする。

タクシーが発進すると、ボーッと窓の外を眺めた。

なにげなく髪をかき上げれば、左手の結婚指輪がキラリと光る。

瑠璃と結婚して二カ月。

だいぶ指輪にも慣れてきた。

結婚前から彼女と一緒に住んでいたし、生活自体はあまり変化はない。

でも、結婚したことで、精神的な安定を得たのか、『少し穏やかになった』とよく人に言われる。

彼女との結婚は赤ん坊の頃から決まっていたが、たとえ婚約なんかしていなくても、俺は彼女を選んだだろう。

彼女は俺の大事な宝物。

あれは俺が五歳の時だったと思う。

『ねえ、玲人君のお目々見せて』

にこりと笑って俺にそうせがんだ彼女。

『嫌だ』

変な奴と思いながら断ったが、彼女は引かず、俺を押し倒して目を覗き込んできた。

『うわぁ、はちみつ色で綺麗』

目をキラキラさせながら彼女は歓喜する。

その漆黒の瞳はまっすぐに俺の瞳を覗き込んでいて、無邪気にこう言ったのだ。

『まるで宇宙の星みたいに綺麗』

怪訝な顔をする俺に、彼女は自分の宝物のビー玉を見せた。

『ここには、瑠璃の宇宙があるんだよ。玲人君の目は瑠璃の宇宙よりももっと綺麗だね』

それは、俺の瞳と同じ琥珀《こはく》色のビー玉だった。

彼女がビー玉を宇宙と言うのにはわけがある。

小児喘息で、小さい頃から身体が弱かった彼女は、普通の子供のように自由に公園で遊ぶことはできなかった。

遊ぶのはたいてい家の中。外出することもほとんどなかったらしい。ビー玉の中を覗いて空想に浸るのが彼女の日課だったのだ。

彼女にとってはビー玉の中の世界が宇宙。

なにげないひと言だったが、彼女のこの言葉が俺を変えた。

それまで俺は自分のこの目を嫌っていた。なぜなら、いつも人に好奇な視線を向けられていたからだ。

なにもしていないのに目立ってしまう。同年代の子供たちには『変な目』、『外国の人?』なんてからかわれてうんざりしていた。

でも、『宇宙の星みたい』と言われたのは初めてで、なんて言い返していいかわからなかったが悪い気はしなかったんだ。

その頃は天文学者になるのが夢だったし、星や宇宙は好きだった。

それからだ。自分の目を好きになろうと思ったのは。

ひとりでも俺の目を気に入ってくれる子がいて嬉しかったんだと思う。

小学生の頃に彼女が自分の婚約者と聞かされた時、正直ピンとこなかったが、反対はしなかった。

彼女は俺にとって特別な存在で、血の繋がりがなくても家族と同じくらい大切だった。

中学までは周囲には俺と彼女が婚約者ということは伏せていた。変に騒ぐ連中もいたし、彼女も目立つことは苦手だったから。

だが、高校になると、彼女を本気で好きになる男子が何人か現れ、静観できない状況になった。

彼女は物静かで、病弱だったせいか引っ込み思案だったが、顔はかわいく、気立ても優しくて、男子にも密かに人気があったのだ。

それまで俺は恋愛にはまったく興味はなく、彼女のことも恋愛対象として考えてはいなかった。

だが、俺以外の男が彼女に近づくと、胸の中にドス黒い感情が溢れてきて……。

俺のものに触るな。

何度そう心の中で毒づいたことか。

それが嫉妬だと気づくのに時間はかからなかった。

多分、彼女が俺の目を覗き込んだ時から、俺は彼女に捕らわれていたのだろう。

はにかむような笑顔も、控え目な優しさも、少し要領が悪くて不器用なところも、彼女のすべてが俺にとってはかわいく思える。

だが、俺が彼女を好きでも、彼女が俺のことを好きとは限らない。

だから、彼女に選択させようと思った。

『婚約の話、瑠璃の方から断ってくれていいから』

俺なりに気を使ったつもりでいたが、結果として俺の言葉にショックを受けた彼女は喘息の発作を起こして入院。

それで、瑠璃も俺のことが好きだとわかったわけだが、それ以後は自分の言動に気をつけるようになった。

俺には相手を思いやる気持ちというものが欠如していたんだと思う。

それからは、自分のそばに置いて全力で彼女を守ることにした。

俺のいるバスケ部に入部させ、婚約者だと周りにいる男たちに伝えたのは俺の存在を知らしめるため。

もちろん、彼女が他の生徒から嫌がらせを受けることがないように気をつけてはいたが、さすがに天下の九条家を敵に回す愚かな者はいなかった。

一緒に過ごす時間が増えたせいか、彼女のかわいい思考も読めるようになって、愛おしさが増した。

それに、彼女がそばにいると不思議とリラックスできるのだ。

彼女は陽だまりのように暖かい。

結婚は俺が仕事に慣れてからと思っていたが、俺の両親は『早く結婚しなさい』と大学卒業前から攻勢をかけてきた。

それに加え、瑠璃は瑠璃で就職したいと言い出した。

もともと病弱だった彼女には無理だと思って俺は反対したのだが、よそで就職して変な男に目をつけられるくらいなら、俺のそばに置いておいた方がいいと考え直し、不本意ではあったが、彼女を俺の秘書に迎え入れた。

新居も用意して互いの両親は黙らせ、瑠璃を住まわせたが、今思うとかなり強引だったかもしれない。

あの時は、誰にも俺と彼女の仲を邪魔されたくなかったのだ。

瑠璃に自分の気持ちを告げなかったのは、今まで抑えていた欲望が爆発して、彼女を襲ってしまうんじゃないかと怖かったから。

俺だって男だし、人並みに性欲はある。学生の頃は彼女を抱くのをずっと我慢していた。

それに、彼女に好きだと伝えてもすぐには信じないと思ったんだ。ずっと一緒にいたのに一度もそんな素ぶりを見せなかった俺が言っても、混乱するに違いない。

それで一緒に生活して、俺が彼女を好きだと少しずつわからせようとしたのだ。

小鳥遊さんにそのことを話したら、『お前も必死だよな』って笑われたけど……。

なりふり構ってなんかいられない。彼女を失うわけにはいかないのだ。

人の上に立つために帝王学を祖父に叩き込まれ、ずっと自分の感情を押し殺してきた。

ポーカーフェイスが俺の代名詞みたいになっていたが、もう自分でもどう感情を表現していいのかわからなくなっていたんだ。

でも、彼女が笑うだけで、冷えた心が温かくなって、癒やされる。

彼女がいなければ、俺の心は凍りついてそのうち砕けるだろう。

考えるだけでも怖い。

彼女のいない世界なんて俺にはなんの意味もないのだ。

「ここでいいですか？」

タクシーの運転手に声をかけられ、ハッと我に返る。

気づけば自宅マンションの前に着いていた。

「ええ」と相槌を打って支払いを済ませると、愛しの妻が待つ我が家へ帰る。

チラリと腕時計を見れば、午後十一時過ぎ。

この時間だと疲れてソファで寝てるかな？

彼女は体力がない。フルタイムで働くとかなり消耗するらしく、夕飯を食べずにソファで寝ていることが結構ある。

静かに鍵を開けて中に入る。

だが、甘い匂いがして、首を傾げた。

「なんだ、この匂い？」

靴を脱いで玄関を上がり、匂いのもとへと辿っていく。

キッチンのドアをそっと開けると、瑠璃が「きゃー、また失敗した〜！」と頭を抱えて騒いでいた。

俺が帰ったことにも気づいていない。

一体なにを作っているのか？

キッチンカウンターの上にはボウルやヘラ、まな板に包丁。そしてチョコの残骸のようなものが乱雑に置かれている。

カオス状態のキッチンで半泣き状態になっている俺の奥さん。

そういえば、もうすぐバレンタインだっけ？

ビジネスバッグとコートとジャケットをダイニングの椅子に置き、彼女の背後からそっと近づく。

「なにしてんの？」

瑠璃の耳元でそう声をかけたら、彼女は「ぎゃあ！」と奇声をあげて飛び上がった。

「れ、れ、玲人君？　いつ帰ってきたの？」

慌てふためきながら背後にあるチョコの入ったボウルを隠す彼女。

今さら隠しても遅いのだが……。

笑いをこらえながら、彼女の隠しているボウルを覗き込む。

「今さっきだよ。で、なに作ってるの？」

瑠璃は後ろに仰け反り、ハハッと笑った。

「え……えーと、ちょっと急にお菓子食べたくなって」

「もう十一時過ぎてるのに？」

俺の指摘に瑠璃は驚いた顔をする。

「え？　もう十一時？」

この発言からすると、相当長い時間チョコと格闘していたらしい。

「チョコ作り、いつからやってるの？」

シャツの袖をまくりながら瑠璃に質問する。

「いや、あの、これは……お菓子作り」

俺に隠しておきたいのか、苦しい言い訳をする彼女。

深く追及せず、質問を変える。

「なにを失敗して困っているのかな？」

「……湯せんがうまくいかなくて」

瑠璃は気まずそうにボソッと呟く。

「湯せん？」

お菓子作りに馴染みがない俺に、彼女は困り顔で説明した。

「チョコを溶かそうとしたんだけど、湯せんだとチョコにお湯が入ったりとか、綺麗に溶けなかったりして失敗しちゃうの。レンジでもやってみたんだけど、それだと焦げちゃうし……」

「ふーん、なるほどね」

瑠璃の話を聞いてスマホを取り出し、チョコの溶かし方をネットで検索する。

湯せんが主流のようだが、ドライヤーで溶かす方法も載っていた。

早速バスルームからドライヤーを持ってきて、ネットに載っていた通りにやってみる。すると、二分くらいで溶けた。

「すごい、玲人君、天才！　艶といい、溶け具合といい最高！」

瑠璃はパアッと笑顔で俺を褒め称《たた》える。

「それで、溶かした後はどうする？」

優しく聞けば、彼女はあっと思い出したように、皿に並べられたハートのクッキーを出してきた。

「このクッキーをチョコに浸すの」

瑠璃がクッキーを手に取りながら実演してみせる。

俺もクッキーに手を伸ばして、同じようにチョコに浸した。

これはなかなか美味しそうだ。

「はい、瑠璃、口開けて」

俺の言うことに従順な彼女は、条件反射で口を開ける。

そこにクッキーを突っ込む俺。

「んぐ！　あむ……はむ」

瑠璃は驚いて目を見開きながらも口を動かす。

「どう？」

感想を聞くと、「美味しい」と彼女は小さく笑う。

「ふーん、じゃあ俺も」

ニヤリとしながら瑠璃の手を掴んで、チョコのついた彼女の指をペロリと舐める。

「キャッ、玲人君……な、なにしてるの？」

瑠璃は激しく動揺する。

「なにって、味見」

瑠璃の目を見て澄まし顔で答える。

「こ、こんなにクッキーあるんだから、私の手なんて食べなくていいよ」

顔を赤く染める彼女がかわいい。

「でも、美味しいよ」

フッと笑って、今度は彼女の頭を掴み、その柔らかな唇をいただく。

「う……んぐ」

瑠璃はびっくりした表情でくぐもった声をあげた。

だが次第にトロンとした目になり、身体の力が抜けて俺に身を預ける。

甘く……とろけそうな唇。

溺れずにはいられない。

ホント俺もよく社会人になるまで手を出さなかったな。

自分の自制心を褒めたいくらいだ。

一度その唇に触れてしまえば、抑制してきたオスの本能が目覚める。それが自分でもわかっていたから、学生時代まではスキンシップはほどほどにしていた。

それがいろいろと瑠璃に誤解を与えることにもなったのだが……。

ヤバイ。今もこのまま彼女を押し倒してしまいそうだ。

自分の理性を総動員させて彼女から離れる。

「こういうチョコならもっと欲しいな」

理性が崩壊するけど。

「お互いチョコまみれだよ、玲人君。もうやりすぎ！」

瑠璃がわざと怖い顔をして怒る。

互いの服や顔や髪にチョコがついていて、まるで泥んこ遊びをした子供のような状態。

呆れながらも笑いが込み上げてきて、彼女と顔を合わせ声をあげて笑った。


それからチョコクッキーを仕上げ、片付けも手伝う。

「ごめんね。玲人君、疲れて帰ってきてるのに、手伝わせちゃって」

瑠璃は申し訳なさそうに謝る。

「楽しかったからいいよ。で、作ったクッキーは全部瑠璃が食べるの？」

冷蔵庫にクッキーを入れる彼女にニヤニヤしながら聞いた。

どうしても彼女の口から言わせたい俺って結構意地悪かもしれない。

「うっ」と言葉に詰まって、少しずつ視線を逸らす彼女を見るのがおもしろいのだ。

「……れ、玲人君に作ったの。今まで手作りチョコあげたことなかったし」

そういえば、毎年彼女がくれるチョコは市販のものだった。

「なんで今年は手作りする気になったわけ？」

彼女だってフルタイムで仕事をしてるし、わざわざ作らなくてもいいのに。

そう思って聞いたら、本人からかわいい返答があった。

「……ちゃんとした本命チョコあげたくて」

手をモジモジさせる彼女。

「去年までは、手作りチョコなんか渡したら重いだろうなって思ってたの」

……なるほどね。

チョコひとつで瑠璃もいろいろ悩んだんだな。

彼女と一緒に暮らし始めた時、キスやハグをすることで彼女に『好きだ』という自分の想いを伝えているつもりでいた。言葉にするのが苦手だったんだ。

だが、態度で示すだけでは相手にはよく伝わらない。

突然、婚約解消を切り出された時は、心臓が止まりそうなほど驚いた。

瑠璃がひどく動揺していたから、彼女を落ち着かせようと必死だったが、そうじゃなかったら俺の方が取り乱していたに違いない。

言葉で伝える大切さを痛感した。

「重くなんかないよ。瑠璃の作ったものならたとえワサビ入りでも食べる」

ニコリと微笑んで言えば、瑠璃もクスッと笑う。

「さすがにワサビは入れないよ」

「でも、塩と砂糖は間違えそうだよね？」

真顔でからかうと、瑠璃は俺の背中をボコボコ叩いた。

「それ言わないでよ～！」

「じゃあ、キッチンも綺麗になったところで、シャワー浴びに行こうか？」

ネクタイを解いてシャツのボタンを外せば、彼女はなぜかビクついている。

「玲人君、先に入っていいよ」

さては、俺を警戒しているな。

「今日はもう疲れてるし、なにもしないよ」

「それなら一緒でもいいかな。チョコまみれだし」

あからさまにホッとする彼女。

そんな安心した顔をされるとおもしろくない。

俺の悪魔スイッチが入って、彼女に迫った。

「前言撤回、やっぱり甘い誘惑には抗えないからいただくことにする」

「いや、疲れてるならサッとお風呂入って、サッと寝よう」

彼女は顔を引きつらせながら提案するが、俺は笑顔で告げた。

「でも、瑠璃でエネルギー補給しないとね」

その後、宣言通り、瑠璃を美味しくいただき、今はベッドの中。

彼女は疲れ果てて、ぐっすり寝ている。

こうして一緒に過ごせることがなによりの幸せだ。

『もっと他の女と遊んでから結婚したら？』と言う友人もいたが、他の女なんて興味はない。

『ずっと彼女と一緒にいて飽きない？』と誰かに聞かれたこともあるが、それは愚問だ。

彼女に飽きることなんてない。

俺の人生に彼女は必要不可欠で、彼女は俺のエネルギー源。

「愛してる」

いつものように囁いて、彼女を胸に引き寄せる。

すると、彼女の体温が伝わってきて、すぐに優しい眠りに誘われた。


『パパ、あそこに行こう！』

五歳くらいの男の子が、俺の手を引いてオバケ屋敷の看板を指差す。

『蒼《あお》、ママは無理。パパと行ってきて』

瑠璃はギョッとした顔で近くのベンチに腰を下ろそうとするが、男の子がすかさず彼女の手を握る。

『ママは僕とパパが守るから大丈夫だよ。ね、パパ？』

『ああ。俺たちでママを守ろう』

優しく微笑んで、俺も瑠璃の手を握る。

「……君、玲人君？」

瑠璃の声が耳元でして、パッと目を開けた。すると、彼女が上体を起こして俺の目を覗き込んでいる。

ああ、さっきのは夢か。

幸せな夢。

「なんか笑いながら私の手を握って『ママを守ろう』とか言ってたけど……」

瑠璃は怪訝な顔をする。

「……夢を見たんだ。俺と瑠璃と、俺たちの子供の三人で遊園地にいて」

説明しながら彼女を捕まえて、背後から抱きしめた。

「子供？　男の子だった？　女の子だった？」

瑠璃は俺の方を振り向いて聞いてくる。

「内緒」

悪戯っぽく笑って答えれば、彼女は少しむくれた。

「えー、教えてくれないの？」

「近い将来、本物に会えるよ」

瑠璃のお腹に手を当てれば、彼女は俺の手に自分の手を重ねてきた。

「早く会いたいな。玲人君の子ならきっと美形で賢いよ」

俺たちの子供を想像してか、彼女がフフッと笑う。

「瑠璃の子なら愛らしくてかわいいよ」

優しく微笑むと、彼女に口づけた。

いつか俺たちの子供がここに来てくれたらいいな。

瑠璃のお腹を撫でながらそう願った。

特別書き下ろし番外編

甘いハネムーン〔玲人ｓｉｄｅ〕

「うーん、今日もいいお天気」

腕を伸ばして笑顔で空を見上げる瑠璃。

彼女の顔に降り注ぐ日の光は、とても穏やかで優しい。

俺たちは五月末に休暇を取り、南フランスにハネムーンに来ている。モナコで観光やF1観戦を楽しみ、今はカンヌに滞在中。

カンヌは国際映画祭で有名な、フランス南東部にある地中海に面した高級リゾート地。天気にも恵まれ楽しい時間を過ごしている。

ホテルのすぐそばがビーチで、近くにはブランドショップが立ち並び、Tシャツに短パンという軽装で散歩をしている人が多い。

瑠璃も水色のサンドレスにサンダル、俺は黒のTシャツに薄いデニムのハーフパンツというラフな出で立ち。

ビーチには水着姿で日光浴をしている人がたくさんいる。仕事をしていないせいか、東京にいる時と比べ、時間がゆっくり流れているような気がする。

時計にチラリと目を向ければ、午前十時過ぎ。

「玲人君、今日はこれからフェリーに乗ってどこに行くの？」

瑠璃がニコニコ顔で俺を見上げると、彼女の肩に手を置いて微笑んだ。

「サントマルグリット島。今日はそこでのんびりしよう」

「なにがあるの？」

目をキラキラさせながら聞いてくる彼女。

新婚旅行のプランは俺が練っているから、瑠璃はその詳細を知らない。

「着いてからのお楽しみ」

フッと微笑して、フェリーのチケットを購入して乗船する。

乗客は十名ほど。小さい子供も数人いて、かわいい声でキャッキャ騒いでいた。

そんな子供たちを優しい目で見ている瑠璃。

「天使みたいにかわいいね」

彼女の言葉にクスッと笑った。

「そんなに欲しいなら、本格的に子作りする？」

あれは二月だっただろうか。俺たちの子供の夢を見たという話をしてから、彼女は小さい子を見るとどこか羨ましそうに目を細めるようになった。

「子供は欲しいんだけど、ママになる心の準備ができていないというか……自分にちゃんとママができるか心配で」

不安を口にする彼女の手をギュッと握る。

「大丈夫だよ。俺もいるし、子供の成長と共にママらしくなっていくんじゃないかな」

そんな話をしながら子供を眺めていたら、俺たちの視線を感じたのか、母親らしき女性に英語で話しかけられた。

「子供好き？　よかったら一週間レンタルしていいわよ」

ハハッと笑ってジョークを口にする女性に、「わ～、いいんですかあ」と瑠璃が明るい笑顔で返せば、子供たちが寄ってきた。

俺はズボンのポケットからコインを一枚取り出して手品をしてみせる。

熱心に見ている子供たち。

身近に小さい子はいないし、普段子供と触れ合う機会がなかったから楽しい。

ちょっとした旅の出会いに心が和む。

フェリーが動き出すと、デッキの椅子に瑠璃と座って景色を眺めた。

凪は穏やかで、サファイアの宝石のような美しい色をした海が広がっている。

「ねえ、サントマルグリット島ってあの向こうに見える島？」

数キロ先に見える島を指差す彼女ににこやかに答えた。

「多分そうだと思うよ」

「なにがあるんだろう。なんだかわくわくする」

楽しそうに目を輝かせながら瑠璃は島を見つめる。

十五分ほどでフェリーが桟橋に着いて降りるが、周辺には店もなにもない。

目の前は森が広がるだけで、とてものどかな島だ。

「ハイキングじゃないよね？　私も玲人君も軽装だけど」

周囲の景色を見て心配そうに俺に確認する瑠璃。

「ハイキングじゃないから心配しなくていいよ。軽い散歩だから」

そう言って彼女の手を掴んで海沿いの道を歩き、石の階段を上っていくと、古い門が見えてきた。

「お城？」

門を見て俺に尋ねる彼女に種明かし。

「昔ここは要塞だったんだ。鉄仮面が幽閉されていた監獄があるんだよ」

そう説明すると、瑠璃は唇に指を当てながら考える。

「鉄仮面……鉄仮面……あっ、なんか聞いたことある」

「アレクサンドル・デュマの小説で有名だからね」

補足説明をすれば、彼女はフフッと笑って頷いた。

「ああ、そっかあ。道理で聞き覚えがあるかと思った」

この島は、十七世紀に謎の鉄仮面が収容されていた場所として有名だ。

鉄仮面はルイ十四世の双子の弟だったという説があるが、真実はわからない。

ふたりで門をくぐると、監獄として使用されていた建物があって、現在は海洋博物館になっている。

入館料を払って中に入れば、ローマ帝国時代の壺や発掘品などが展示されていて、鉄仮面が投獄されていたという重々しい雰囲気はない。

「鉄仮面のいた牢ってどんなだろうね？」

瑠璃がギュッと俺の腕を掴む。

「怖いの？」

「だって、霊とかいそうじゃない？」

俺の質問にどこか落ち着かない様子で答える彼女。

瑠璃は昔から幽霊とかお化けの話が苦手で、遊園地のお化け屋敷も怖くて入ったことがないという。

「夜じゃないし大丈夫だよ」

そう言い聞かせて奥へ進めば、ある部屋の前で人だかりができていた。

「多分ここだな」

瑠璃と顔を見合わせ、中に入る。

そこは石でできた、なにもない部屋だった。

もっと牢屋らしい薄暗い部屋を想像していたが、意外に明るく、広い。

「ここに閉じ込められていたんだね。もっと湿気がすごくて暗い牢かと思ったけど、思いのほか綺麗」

瑠璃の感想に小さく笑みをこぼして相槌を打った。

「確かに」

監獄らしいと思えるのは、三重の鉄格子くらい。

ガイドブックかなにかに書かれていたが、鉄仮面は俺たちが想像しているより豪勢な食事をし、高価な服を支給され、監獄での待遇はよかったらしい。

それは、鉄仮面が高貴な身分であったからでは?と考える学者もいるようだ。

博物館をひと通り見て回ると、要塞の中を歩いた。海の近くに砲台が置いてあって歴史を感じる。

「瑠璃、砲台の前に立って」

そう指示を出せば、彼女は砲台の上に手を置き、俺に向かってにっこりと微笑む。

「うん、いい感じ」

瑠璃を褒めると、海をバックにスマホで写真を撮った。

うまく撮れたかスマホの画面を確認していたら、カシャッとシャッター音がして、顔を上げれば彼女が悪戯っぽく目を光らせている。

「真剣な顔の玲人君、撮っちゃった。ねえ、ふたりでも撮ろうよ」

「そうだね」

笑顔で頷いて、瑠璃の肩を抱くと、彼女の顔に頬を寄せて俺のスマホでパシャリ。

すぐに画像を見れば、とても綺麗に撮れていた。

「いい一枚が撮れたよ」

そんなコメントをしたら、瑠璃も俺のスマホを見て頬を緩めた。

「ホントだ。家に帰ったらリビングに飾りたいな」

「もう家に帰りたいんだ？」

ニヤリとしてからかうと、彼女は笑って否定してギュッと俺の腕に捕まる。

「そんなわけないでしょ。もうずーっと新婚旅行でいい」

無邪気に甘えてくる瑠璃を見て、自然と笑みがこぼれた。

それから要塞を出て、散歩がてら島の中を歩く。

道は舗装されていないが歩きやすく、木々に囲まれていて、スイートピーのような赤紫の花がところどころに咲いていて心が癒やされる。

十分ほど歩いていると、小さなレストランが見えてきた。

「お腹空いた？　ここでお昼ご飯食べて行こうか？」

瑠璃にそう提案すれば、彼女は腕時計をチラッと見て笑顔で頷く。

「うん、もう午後一時だもんね。お腹ぺこぺこ」

店の中に入ると、店員に窓際の席に案内された。

海が見えて眺めがいい。

「ねえ、あっちに見えるのがカンヌ？」

瑠璃と一緒に席に着くと、彼女が窓の外を指差した。

海にヨットが四艇浮かんでいて、数キロ先にはヨットに囲まれた陸地が見える。

「ああ。そうだよ。なに食べる？」

メニューを瑠璃に見せると、彼女は考え込んだ。

「うーん、ピザもいいけど隣の席の人が食べてるあの貝の料理がすご～く気になる」

彼女の言葉を聞いて隣の席に目を向ければ、ボールに山盛りのムール貝をむしゃむしゃ食べている。

「あれはムール貝の蒸し煮だよ。トライしてみる？」

小さい頃、両親と南仏に来た時に食べた記憶がある。

「うん」と瑠璃が返事をして店員に注文すると、五分ほどで料理が運ばれてきた。

ムール貝の他にフライドポテトが皿にたくさん盛られていて彼女が苦笑する。

「このポテトの量、Lサイズくらいありそう」

「胃もたれするようなら残したら？」

「そうする」

スパークリングワインを飲みながら、ムール貝にかぶりつく俺と瑠璃。

美味しくて手が止まらない。

カニを食べる時のように、黙々と食べた。

「あ～、美味しかったあ。もうお腹いっぱい」

彼女は頬をピンクに染め、ご機嫌の様子でお腹に手を当てる。

「瑠璃、酔ってる？」

そう問えば、彼女はヘラヘラ笑って答えた。

「酔ってないよ～。全然酔ってない」

ワインを一杯飲んだだけなのだが、どうやら酔っ払ってしまったようだ。

「じゃあ、瑠璃、行こう」

少しふらついている瑠璃の腕を掴んで椅子から立たせると、会計をして店を出る。

桟橋までゆっくり歩くが、途中誰もいないビーチがあってそこで休憩した。

「ねえねえ玲人君、ちょっと海に入っていい？　足だけ」

許可を求めてはいるものの、俺が答える前にすでに瑠璃はサンダルを脱いでいて、海に足を浸けている。

「もう入ってるじゃないか」

そのうち足がもつれて転びそうな気がする。

呆れ顔で言えば、彼女は「気持ちがいいよ」と子供のようにはしゃいで俺にバシャッと水をかけた。

不意打ちだったので、俺の顔に水しぶきがかかる。

「うわっ！」

海水が目にしみて地味に痛い。

瑠璃を連れて海から上がると、急に現実に戻ってポケットの中を確認した。

スマホは無事。最新機種で防水機能がついていたのがラッキーだった。

びしょ濡れのままでは帰れないし、瑠璃が風邪を引いたら困る。

すぐに電話でクルーザーを手配すれば、三十分ほどで桟橋に着いた。

乗船すると、三名のクルーが俺たちを笑顔で出迎えてくれた。

船は全長二十五メートル、全幅八メートルで、ギャレーやリビング、寝室を備えている停泊型。

せっかくだから、今日はこのまま島に停泊することにした。

急いでカンヌに戻る必要はない。

「まずはシャワー浴びないとな」

クルーの案内でバスルームに行き、彼女と一緒にシャワーを浴びてスッキリすると、スタッフが用意してくれた服に着替える。

そしたら、瑠璃が欠伸をし出した。

「玲人君……眠……い」

瑠璃が今にも寝そうだったので、寝室に運んだ。彼女をベッドに寝かせて、俺もベッドサイドに腰かけると、彼女がずりずりとすり寄ってくる。

そんな瑠璃の頭を優しく撫でながら、ベッドの横の棚に置いてあった洋書のペーパーバッグを一冊手に取りパラパラとめくった。

それは、ミステリーの女王アガサ・クリスティの『カーテン』。

「そういえば、昔、瑠璃がクリスティにハマってた時期があったっけ」

エルキュール・ポアロという探偵について俺に嬉々とした顔で語っていたよな。

これは、そのポアロの最後の事件らしい。

思い出したら懐かしくなって、時間潰しに読んでみる。

結構おもしろくて一気に読み終えたら、外も暗くなってきた。

ベッドサイドの時計は、午後六時半過ぎ。

「そろそろ姫を起こすか」

瑠璃に目を向けクスッと笑うと、「瑠璃、起きて」と声をかけ、世界で一番愛しい彼女にそっとキスを落とす。

すると、彼女が眠り姫のようにゆっくりと目を開けた。

「玲人……君？　もう朝？」

寝ぼける彼女ににこやかに訂正する。

「違うよ。もうすぐ夜」

「ん？　夜？」

瑠璃は目をこすりながらベッドから起き上がった。

「デッキに出てみよう」

手ぐしで髪を整える彼女を誘ってデッキに向かうと、すれ違ったクルーに食事を用意してもらうように頼む。

デッキに出れば、もうすっかり暗くなっていた。

目の前にあるテーブルにはキャンドルが置いてあって、ロマンチックなムード満点。

瑠璃とテーブルに座ったら、ちょうど向こう岸にカンヌの夜景が見えた。

海岸線に沿って煌《きら》めく夜の灯りが美しい。

「うわ〜、綺麗〜！」

瑠璃は歓声をあげると、俺に向かってフフッと笑みを浮かべる。

「この島落ち着くし、いいね。玲人君、連れてきてくれてありがとう」

「いいえ、どういたしまして」

彼女の目を見て微笑み返せば、ちょうど食事が運ばれてきた。

「ずっと寝てたのに、料理見るとお腹が空いてきちゃう」

困ったように言う彼女に、優しく笑った。

「瑠璃は食いしん坊なくらいがちょうどいいよ」

オリーブ、イカや小海老が入ったサラダ、オマール海老のブイヤベースに、アンチョビのピザパイ、仔牛肉の赤ワイン煮に舌鼓を打ち、最後のレモンタルトまで堪能する。

「あ〜、タルト美味しい」

瑠璃はホクホク顔でケーキを口にする。

そんな彼女を見ているのが、俺にとっては至福のひと時。

「瑠璃はケーキ食べてる時が一番幸せなんじゃない？」

クスッと笑ってそう問えば、彼女は条件反射で「うん」と返事をする。

「へえ、瑠璃は俺よりもケーキが好きなんだ？」

わざとスーッと目を細めてみせると、彼女はあたふたした。

「ち、ち、違う。一番好きなのは玲人君だよ」

「その狼狽え方、怪しいな」

頬杖をついて瑠璃をからかったら、「本当だよ」と言い張る。

これは最近の俺たちのいつものやり取りなのだが、単に俺が彼女の口から俺のことを好きだと言わせたいだけ。

「それじゃあ、俺が一番好きだってベッドの中で証明してもらおうかな」

テーブルに身を乗り出し、瑠璃に顔を近づけて囁けば、彼女はポッと頬を赤くした。

キャンドルの灯りしかないのに、それがよくわかる。

「玲人君たら……もう」

上目遣いに俺を見て文句を言うが、そんな彼女がかわいい。

考えてみると、俺と瑠璃の結婚は赤ちゃんの頃から決まっていたが、俺が九条家に生まれなければ、瑠璃が栗田家に生まれなければ、出会うこともなかったかもしれない。ある意味運命的だったんだと思う。

なによりも大事で、愛おしい彼女。

誰もが心から愛する人と出会えるとは限らない。

「……神に感謝しないとな」

瑠璃を見つめながらそんなことを呟けば、彼女がじっと俺を見た。

「ん？　今、神になんとかって言わなかった？」

「なんでもないよ」

フッと微笑して食後のコーヒーを口に運ぶ。

それからふたりで綺麗な星空を眺めると、寝室に戻った。

ベッドの上にはバスローブがふたつ置かれていて、瑠璃がひとつ手に取る。

「私、バスルームで着替えてくるね」

寝室を出ようとする彼女の手を掴んで、壁際に追い込んだ。

「その必要はないよ。どうせすぐに脱がすことになるんだから」

フッと笑って瑠璃の手からバスローブを奪うと、俺はそれを放り投げた。

大きく目を見開く彼女。

だが、悠長に驚いている時間なんて与えない。

瑠璃を見つめて、りんごのように真っ赤に色づいた唇を奪う。

その時、亡くなった祖母との会話が頭をよぎった。

『どうして僕にキスをするの？』

会えば必ず俺の頬にキスをしてくる祖母にそんな質問をした。

俺が六歳くらいの時だと思う。

すると、祖母は『お前が大好きだから。玲人、キスには愛を伝える魔法があるのよ』と優しく微笑んだ。

それに対して俺は、『魔法なんて現代にはないよ』と祖母の言葉を無表情で否定した記憶がある。かわいげのない子供だったのだ。

だが、祖母の言ったようにキスの魔法は存在すると思う。相手が愛おしいからキスをして気持ちを伝え、そして、自分もキスをすることで安心するのだ。

それは恋人たちが愛を確かめ合う儀式。

唇と唇を合わせるだけなのに、身体中の神経が刺激されて互いの愛を強く感じる。

そして、キスが激しくなると欲望スイッチが入って……。

今、まさに瑠璃が欲しい。

彼女の服を脱がすと、その華奢な身体をベッドに押し倒し、身体を重ねた。

兆候

「私、バスルームで着替えてくるね」

船のデッキで食事を楽しんだ後、寝室に戻り、ベッドの上に置いてあったバスローブを手に取る。すると、玲人君に腕を掴まれた。

「その必要はないよ。どうせすぐに脱がすことになるんだから」

彼の目がキラリと光ったと思ったら、私が持っていたバスローブを取り上げて、無造作にポイと投げた。

ハッと驚いて息を呑む私。

次になにをされるか予想はついたけど、ただ呆然と彼を見つめることしかできない。

まるで玲人君の瞳に捕縛《ほばく》されたみたいだ。

ううん、いつだって私は彼の淡いブランデー色の瞳に捕らわれている。

でも、それは強制ではなくて、自分の意思だ。

彼が顔を近づけて、柔らかな唇を重ねてくる。

そのキスは最初は甘くて優しく、互いの気持ちが溶け合うと次第に激しくなった。

息苦しくなって「うう……ん」とくぐもった声をあげれば、玲人君は一旦キスをやめ、私の服をバサッと勢いよく脱がす。そして、私をベッドに押し倒した。

唇、首筋、鎖骨、胸……と彼は私の身体にキスをしていく。

でも、もっと玲人君が欲しい。

もっと……。

彼の首に手を絡め、顔を近づけてその唇を奪った。

この島に来て解放的になったのかもしれない。それに、いつも私の身体を心配してストッパーをかけている彼の理性を奪いたかった。

「瑠璃にしては積極的」

玲人君が少しびっくりしたような顔で笑って、お返しにとろけるようなキスをされる。

だけど、そのキスが深まって、お互いに熱くなって……。

彼の唇の感触、彼の体温、そして……彼の欲望を全身で感じる。

玲人君が熱い目で私を見つめる。

その瞳の中には、私しか映っていない。

ずっと私だけを見ていて……。

そんな願いを込めて見つめ返せば、彼は愛おしげに私の名を呼び身体を重ねてきた。

「瑠璃……」

彼に出会って、愛されて、こんなに嬉しいことはない。

今も昔も、そしてこれからも、私が愛し続けるのはあなただけ。

互いの肌の熱と共に伝わる想い。

『愛している』

言葉にしなくてもわかる。

温かいもので心も身体も満たされて……。

その夜、私たちは、時を忘れて愛し合った――。


――ピピッ、ピピッ、ピピッ。

ムクッとソファから起き上がると、テーブルの上に置いたスマホを手に取り、アラームを解除する。

時刻は午後十時。玲人君は接待でまだ帰宅していない。

「あ〜、だるい。……なんでだろう」

寝ても疲れが取れない。いつもは会社から家に帰宅して少し眠れば疲労が回復するのに、いくら寝ても寝足りない。

ハネムーンから戻って一カ月ほどが経って、私は身体に少し違和感を覚えていた。

七月に入り、外の気温は三十度を超えている。そのせいで体がおかしくなった？

身体がなんとなくだるい。

リビングの棚にある救急箱から体温計を取り出して熱を測れば、三十七度。

平熱は三十六度七分だから、ちょっと微熱。

「風邪かなあ？」

体温計をもとに戻し、キッチンへ行くと、冷蔵庫からペットボトルの水を取り出してゴクゴク飲む。

なにか食べなければいけないが食欲はないし、作る気力もない。とりあえず、冷蔵庫に入っていたひと口サイズのチーズを口に入れるが、その匂いがすごく気になった。

それは、今回が初めてじゃない。ここ数日、匂いに敏感というか……ちょっとした食べ物の匂いが不快に感じることがある。

「風邪でも、暑さのせいでもないような気がする」

なにか悪い病気になったのだろうか？

そう思ったら、急に不安になってきた。

そこへ玲人君が帰宅して……。

私がソファで寝ていると思っていたのか、彼は『ただいま』とも言わずに、そっとリビングに入ってきた。

「お帰りなさい」

笑顔を作ってキッチンから声をかければ、彼は振り向いてこちらにやってくる。

「ただいま……って、顔色が悪いけど、どうした？」

玲人君は私のほんの些細な変化も見逃さない。

「なんだか食欲なくって」

そう答えたら、彼は私に顔を寄せ、コツンと額を当てた。

「ちょっと熱があるかな。今日は定時で上がったよね？　仕事の疲れとも思えないけど……ひょっとして……」

玲人君はなにか思い当たったのか、私の顔をまじまじと見る。

「そういえば、先月生理来てないよね？」

パートナーなので、彼は私の身体のことをよく知っている。

でも、女性のデリケートな話題に触れられると、いくら夫でも恥ずかしい。

「玲人君、突然なにを……あっ⁉」

彼に質問の意図を聞こうとして、ハッと気づいた。

言われてみれば、生理が来ていない。この場合……考えられる可能性は……。

「……来てない。私……妊娠してるのかな？　最近、匂いとかも気になっちゃって」

妊娠初期だと悪阻《つわり》が始まって匂いにも敏感になるって聞いたことがある。

確認するように玲人君の目を見つめると、彼は腕時計にチラッと目をやり、私の頭にポンと手を置いて微笑んだ。

「ちょっと妊娠検査薬買ってくる。瑠璃はソファで休んでて」

「え？　こんな遅くに買いに行くの？　今帰ってきたばかりで疲れてるでしょう？」

驚く私を安心させるように彼は笑った。

「俺は大丈夫だよ。ドラッグストアは結構遅くまで開いてるから」

玲人君がすぐに出ていくと、私はソファに腰を下ろした。

でも、落ち着かなくてそわそわしてしまう。

赤ちゃんが私のお腹の中にいるかもしれない。

もしいたら……嬉しいな。

新婚旅行中、彼が子供に手品を見せているのを見て、子供が好きなんだって思った。

私が妊娠していたら、玲人君も喜ぶだろう。

妊娠のことで眠気が吹き飛んだのか、もう横になっても眠れない。

テレビをつけて深夜のニュースを見ていても、内容が頭に全然入ってこなかった。

二十分ほどして玲人君が近くのドラッグストアの袋を手に戻ってきた。

「はい、これ。やり方は難しくないから」

玲人君が袋から検査薬を出して私に手渡す。

「……ありがとう」

お礼を言って検査薬の箱をじっと見て、説明書に目を通した。

これが検査薬なのかあ。テレビドラマとかでは見かけるけど、実際に手にしたのは初めて。

「ちょっと……確認してくる」

そう彼に断ってトイレに行き、箱に入っていたスティックを取り出した。

すぐに検査をして、結果が出るのを待つ。

期待と不安でドキドキ。

一分待てば、青い線がうっすら出ていた。

「うーん？　これって……どっちなんだろう？」

思わず首を捻る。

もっとくっきり線が出るかと思ったのだけど、判断に困った。

ネットの知恵袋で質問したい気分だ。

トイレを出ると、リビングのソファで私を待っている玲人君に困惑顔で報告する。

「……検査したんだけど、よくわからなかった。もう一回試した方がいいかな？」

スティックを見せれば、彼は優しく私の肩を抱いた。

「確かにこれだとわかりにくいけど、妊娠してる可能性がありそうだ。明日は土曜だから、一緒に病院に行って診てもらおう。もう一回試すよりも、確実だからね」

こういう時、つくづく玲人君と結婚してよかったと実感する。

冷静だから、安心して頼れるし、任せられる。

すぐに結果がわからなくて拍子抜けしたというか、少し気落ちしていたけど、あまり悩まないことにした。

そうだよね。明日病院に行けばはっきりする。

「うん」と小さく返事をすると、玲人君は私をソファに座らせた。

「まだ夕飯食べてないんだろ？　なにが食べられそう？」

彼はスーツのジャケットを脱いで、ソファの背にかける。

「うーん、そうめんとか？　ツルンとしてさっぱりしているのがいいかも。でも、私自分で作るよ。玲人君はお風呂入ってきたら？」

彼はまだ着替えてもいない。

夕飯の準備のために立ち上がろうとしたら、彼に止められた。

「俺が作るよ。無理は禁物」

彼にやんわりと注意され、もう反論はせずに引き下がる。

そのままソファに座っていると、彼がそうめんを作って運んできた。

「できたよ、瑠璃」

「ありがと。いただきます」

そうめんには、ネギなどの薬味の代わりに、梅肉が添えてあった。

梅は私の大好物で、なんにでも梅肉を入れて食べる。

「匂いがキツイのはダメかと思って薬味は用意しなかったんだ。梅は瑠璃好きだし、食欲出ると思ってね」

そう説明してにっこり微笑む彼。

「そうだったんだ」と相槌を打って、つゆに梅肉を入れ、そうめんを口にする。

「美味しい」

笑顔を見せれば、彼は「よかった」とホッとした顔になった。

梅の酸味でいくらか食欲が湧いてきた。

食べ終わると、ひとり先に寝室に行ってベッドに入る。

でも、明日のことを考えてしまうとなかなか寝つけない。妊娠してるかどうか気になってしまう。

目を閉じては開けて寝返りを打って……それを何度も繰り返していたら、玲人君がやってきた。

「まだ寝れない？」

ベッドに入ってきた彼と向き合う。

「うーん、やっぱり赤ちゃんのこと気になっちゃって」

苦笑いすると、彼は私をそっと抱きしめた。

「無理に寝ようとするからじゃない？　それじゃあ、俺の昔話でもしようか？」

「玲人君の昔話？　なんなの？」

クスッと笑って、彼に目を向ける。

玲人君が即興でなにかお話を作るのだろうか？

だが、私の予想とは違ってそれは実話だった。

「子供の頃、俺の祖母に『どうして僕にキスをするの？』って聞いたことがあるんだ。

祖母が俺に会うたびに頬にキスしてくるから不思議でね」

彼は昔を懐かしみながら優しい声音で語る。

玲人君のお祖母さんはイギリス人だから、挨拶でよくキスをされたのだろう。

「お祖母さんはなんて答えたの？」

急かすように聞けば、彼はゆっくりとした口調で続けた。

「『お前が大好きだから。玲人、キスには愛を伝える魔法があるのよ』って言ってね。

俺は魔法なんて信じていなかったんだけど、でも試してみたくなった」

キラリと光る玲人君の目を見て、どう試したのか知りたかった。

「それでどうしたの？」

私の問いに彼は悪戯っぽく笑う。

「眠ってる瑠璃にキスした」

え？　ええ～！

玲人君の暴露話に絶句する私。

全然知らなかった～！

「そ、それっていつの話？」

つっかえながらも聞くと、彼は楽しげに説明した。

「小学生の頃。瑠璃を保健室に迎えに行った時に。保健の先生もいなかったし、キスしたらどうなるんだろうって思ってね」

「そんな小さい時に玲人君が私にキスしてたなんて意外」

彼の口から聞いても、信じられなかった。

「好きとかいう感情はその頃はまだよくわからなかったけど、瑠璃は大事な女の子だったたから、してみたくなったのかも。キスする時は心臓バクバクだったよ」

口元に笑みを浮かべながら語る彼の顔がとても素敵で、見ているこちらも自然と笑顔になる。

「玲人君でも緊張することがあるんだね。いつもクールだから、動揺しないと思ってた。で、肝心の魔法の有無はわかったの？」

「寝ている本人に聞けないから、実験としては成り立っていなかった。でも、大人になってから、ちゃんと起きている瑠璃とキスしてみて、魔法はあるって思ったよ。確かに愛が伝わる。瑠璃の俺のことが好きだって気持ちがね」

玲人君は甘く微笑んで、私の頬に手を添えると、ゆっくりと口づけた。

愛のこもったキスに胸がキュンとなる。

そのまま彼に包み込まれるように抱きしめられて、そこから記憶がプチッと途切れた。

玲人君の昔話のおかげでぐっすり眠れた私は、次の日、彼と一緒に産婦人科を受診し、先生に「おめでとうございます。妊娠してますよ」と笑顔で告げられた。

待合室で待っていた玲人君に報告したら、嬉しそうに顔を綻ばせ、私のお腹にそっと触れた。

「そうか。もうここにいるのか。会うのが楽しみだな」

きっと彼は子供を溺愛するだろう。

この子が大きくなったら聞かせてあげよう。

玲人君がしてくれたキスの魔法の話を。

「私も」

玲人君に向かって微笑むと、彼がお腹の上に置いた手に、自分の手を重ねた。

The end.

あとがき

この度は『婚約破棄するつもりでしたが、御曹司と甘い新婚生活が始まりました』を手に取って頂きありがとうございます。最後まで胸キュンして頂けたら嬉しいです。
さて、今回もゲストをお招きしています。九条玲人さん、小鳥遊晴人さん、どうぞ。

玲人　九条玲人です。よろしくお願いします。
小鳥遊　お前、ファンの前でもメガネなの？　会社じゃないんだし、外したら？
玲人　いえ、今日は脇役に徹しようと。
小鳥遊　え？　なんで『脇役』？
玲人　それは、ある筋から依頼があったんですよ。小鳥遊さんがいつ秘書の前田さんと結婚するのか聞いてくれと。
小鳥遊　それを今ここで聞く？
玲人　今聞かずにいつ聞くんですか？　もうあとがきしか残ってないんですよ。
小鳥遊　それはわかってるけどさあ。いや……実は……プロポーズもまだで。
玲人　小鳥遊さんって意外とヘタレだったんですね。

小鳥遊　婚約指輪は用意してるんだ。でも、プロポーズのタイミングを迷ってて。
玲人　そんなのただの言い訳じゃないですか。瑠璃の話では、経営企画部の墨田が前田さんにアプローチしてるらしいですよ。
小鳥遊　え？　嘘だろ？　そんな話、初耳だよ。
玲人　近くにいるからって安心してませんか？　鳶に油揚げをさらわれても知りませんよ。
小鳥遊　俺……ちょっと用を思い出したから帰る。あと任せるよ！
（血相を変え、走って退場する小鳥遊）
玲人　小鳥遊さん、相当慌ててましたね。あの様子だと今年中には結婚しそうだな。では、みなさん、またどこかでお会いしましょう。

最後になりましたが、マイペースの私を温かく支えて下さった編集部の倉持様、妹尾様、また、魅力的な表紙を描いてくださった千影透子先生、そして、いつも私を応援してくださる読者の皆様、心より感謝申し上げます。
素敵な夏になりますように。

滝井《たきい》みらん

滝井みらん先生への
ファンレターのあて先

〒104-0031
東京都中央区京橋1-3-1
八重洲口大栄ビル7F
スターツ出版株式会社　書籍編集部　気付

滝井みらん先生

本書へのご意見をお聞かせください

お買い上げいただき、ありがとうございます。
今後の編集の参考にさせていただきますので、
アンケートにお答えいただければ幸いです。

下記URLまたはQRコードから
アンケートページへお入りください。
https://www.berrys-cafe.jp/static/etc/bb

婚約破棄するつもりでしたが、
御曹司と甘い新婚生活が始まりました

2019年7月10日　初版第1刷発行

著　　者　滝井みらん
©Milan Takii 2019
発 行 人　松島 滋
デザイン　カバー　百足屋ユウコ+しおざわりな（ムシカゴグラフィクス）
フォーマット　hive & co.,ltd.
D T P　久保田祐子
校　　正　株式会社　文字工房燦光
編集協力　妹尾香雪
編　　集　倉持真理
発 行 所　スターツ出版株式会社
〒104-0031
東京都中央区京橋1-3-1　八重洲口大栄ビル7F
TEL　出版マーケティンググループ　03-6202-0386
（ご注文等に関するお問い合わせ）
URL　https://starts-pub.jp/
印 刷 所　大日本印刷株式会社

Printed in Japan

乱丁・落丁などの不良品はお取替えいたします。
上記出版マーケティンググループまでお問い合わせください。
定価はカバーに記載されています。

ISBN 978-4-8137-0716-5　C0193

ベリーズ文庫 2019年7月発売

『契約新婚～強引社長は若奥様を甘やかしすぎる～』　宝月《ほうづき》なごみ・著

出版社に勤める結奈は和菓子オタク。そのせいで、取材先だった老舗和菓子店の社長・彰に目を付けられ、彼のお見合い回避のため婚約者のふりをさせられる。ところが、結奈を気に入った彰はいつの間にか婚姻届を提出し、ふたりは夫婦になってしまう。突然始まった新婚生活は、想像以上に甘すぎて…。

ISBN 978-4-8137-0712-7／定価：本体630円＋税

『新妻独占 一途な御曹司の愛してるがとまらない』　小春《こはる》りん・著

入院中の祖母の世話をするため、ジュエリーデザイナーになる夢を諦めた桜。趣味として運営していたネットショップをきっかけに、なんと有名ジュエリー会社からスカウトされる。祖母の病気を理由に断るも、『君が望むことは何でも叶える』――イケメン社長・湊が結婚を条件に全面援助をすると言い出して…!?

ISBN 978-4-8137-0713-4／定価：本体640円＋税

『独占欲高めな社長に捕獲されました』　真彩《まあや》-mahya-・著

リゾート開発企業で働く美羽の実家は、田舎の画廊。そこに自社の若き社長・昴が買収目的で訪れた。断固拒否する美羽に、ある条件を提示する昴。それを達成しようと奔走する美羽を、彼はなぜか甘くイジワルに構い、翻弄し続ける。戸惑う美羽だったが、あるとき突然「お前が欲しくなった」と熱く迫られて…!?

ISBN 978-4-8137-0714-1／定価：本体630円＋税

『ベリーズ文庫 溺甘アンソロジー3 愛されママ』

「妊娠＆子ども」をテーマに、ベリーズ文庫人気作家の若菜モモ、西ナナヲ、藍里まめ、桃城猫緒、砂川雨路が書き下ろす魅惑の溺甘アンソロジー！　御曹司、副社長、エリート上司などハイスペック男子と繰り広げるとっておきの大人の極上ラブストーリー5作品を収録！

ISBN 978-4-8137-0715-8／定価：本体640円＋税

『婚約破棄するつもりでしたが、御曹司と甘い新婚生活が始まりました』　滝井《たきい》みらん・著

家同士の決めた許嫁と結婚間近の瑠璃。相手は密かに想いを寄せるイケメン御曹司・玲人。だけど彼は自分を愛していない。だから玲人のために婚約破棄を申し出たのに…。「俺に火をつけたのは瑠璃だよ。責任取って」――。強引に始まった婚前同居で、クールな彼が豹変!?　独占欲露わに瑠璃を求めてきて…。

ISBN 978-4-8137-0716-5／定価：本体640円＋税

タイトル、価格等は変更になることがございますのでご了承ください。